U0047001

LOCUS

LOCUS

LOCUS

LOCUS

HOLY STONES, ENGRAVED QUIETLY

嘛呢石，靜靜地敲

萬瑪才旦 Pema Tseden

序

因為台灣的文學，因為台灣的電影，和台灣有了許多的不解之緣。

在台灣出版小說集，卻是第一次。

這部小說集裡的十篇小說都是寫藏地的人，藏地的人的生活，他們的喜怒哀樂，他們的生老病死，雖然虛構，卻來自真實的感受。

說起藏地，對於許多人而言可能有一種陌生神祕的感覺，但對於一個生長在那裡的人而言，那裡的一切都是自然親切的。

我在那裡自然地生長，自然地生活，自然地寫作，自然地拍電影。

我希望這部小說集也能讓你自然地感受到那裡的人，感受到那裡的人的生存方式。

最後，還是請讀者朋友們進入我的小說世界吧，如果你之前只看過我的電影，我相信我的小說會帶給你不一樣的感覺。

目次

烏金的牙齒

烏金是我的小學同學，這一點很多人都知道。

烏金後來成了一位轉世活佛，這一點很多人也知道。

這些都不是主要的。主要的是烏金二十歲時就死了。後來我跟很多人講烏金的死，他們都說對一位轉世活佛，不能直接說死了，而要說圓寂了。但烏金和我是小時候的玩伴，是小學五年的同學，而且還是同桌。對於一個和我年齡相仿的人，突然死了之後，硬要說他圓寂了，那時候我實在是說不出口。但是大家都說你不能那樣說。尤其是我的父母，堅決不讓我那樣說。說那樣說是對比你更有福報、更有智慧的人的大不敬。

聽了父母的話，我就更加不願意那樣說了。說烏金比我更有福報，我現在倒是願意承認了，因為他成了一位轉世活佛之後，很多人都對他頂禮膜拜。有一次，父母也帶著我去，硬是讓我對他磕頭。說實話，我是不大願意對他磕頭的。他也在人群中笑嘻嘻地說你就免了吧。但是父母就是不答應，硬要我對著他磕頭。我正在猶豫時，父母還奚落我說，你以為你和活佛是小學同學就一樣了、就不用磕頭了是嗎。我拗不過父母，再說後面還有那麼多人排著長隊呢，就只好對著烏金磕了三個頭。到真的磕頭時，他也沒阻止我，只是笑咪咪地看著我。當時我還真的有點不高興呢。但後來又想，我都給他磕頭了，那肯定是他比我更有福報了。要不為什麼不是他給我磕頭，而是我給他磕頭呢。有些事就這樣，你只能認了，沒什麼太大的理由。

但是要說他比我有更大的智慧，我就一萬個不願意了。因為我和他是小學一到五年級的同學，他的情況我是再清楚不過了。從小學一年級開始上學到小學五年級畢業，我敢十分肯定地說，他的數學一次也沒有及格過。從小學一年級開始的所有數學作業，都是他抄我的。這樣說你可能不相信。要是別人這樣說我也肯定不會相信的。但確實就是這樣，我可以以神聖的佛法僧三寶發誓。每次老師布置了數學作業，他唯一做的一件事情就是耐心地等著我做完。我沒有做完之前，他也不去玩耍什麼的。這一點我倒是很感激他。如果他一個人去玩耍了，我可能就心情不好，做不完作業。後來我好像想明白了，覺得他有時也聰明，要是我做不完作業，那他也就完不成作業了。他在抄我的數學作業時，倒是很認真。他也不要求我守在他身邊。一般我一寫完數學作業，就飛也似地衝出教室和其他同學玩耍。他抄寫數學作業時很認真，甚至可以說一絲不苟。有時候，數學老師因為他把作業寫得工工整整而表揚他。這時候，我心裡會有一些隱隱的不高興。但到了考試時，我就有點心有餘而力不足了。因為我們的數學老師是個很嚴厲的老師，甚至可以說有點歇斯底里。考試時，如果看到有人在抄襲別人的卷子，就會把抄襲者和被抄襲者的卷子撕個稀巴爛，然後把兩個人都劃為零分。因此，學生們都不敢在考試時作弊。烏金膽子小，不敢那樣做，我的膽子也小，也不敢讓烏金那樣做。我們的數學老師是個女的，三十多歲的樣子。聽說她離了婚，沒有孩子。後來，聽外面的人說，其實她的孩子是死了。學校的其他老師都說這是她這樣歇斯底里的原因。總之，小學時期，烏金的數學是一次也沒有及格過的。這些都是小時候的事了。

長大後，我繼續上了初中和高中。高中之後我也沒有繼續讀下去，隨便在一個小城鎮找了一份工作，得過且過著。烏金讀到小學畢業就沒再繼續讀下去。他的父母只有他一個小孩，他們想把他留在身邊。他也沒有要求繼續再讀。我們那裡的初中都要到縣裡去上，因此，小學之後我就去了縣城。一次暑假，我回來問他為什麼不繼續上學。剛開始他說他父母不讓上。我也信以為真了。後來他又主動說你真的想知道我為什麼沒有繼續上學嗎，我說我真的想知道。他說他害怕數學。我笑了，說我可以讓你抄我的啊。他說從五年級開始，每當抄我的數學作業時，他就有一種罪惡感。他不想讓那種罪惡感繼續下去。那時我感到了他內心的一些真誠。

就在我高中畢業那一年，我們都十八歲了。就如前面說過的，我找到了一份工作，而他成了一位轉世活佛。第二年夏天，有一次我回家時，他託人捎話讓我去他的寺院。

他的寺院離我們村莊很近。其實，這之前我們就見過面了，就是在他剛剛被認證為這個寺院的轉世活佛之時。他被認證的活佛在我們這一帶算是很大的活佛了，方圓幾里的百姓都是他的信眾。給他舉行坐床儀式那天，來了很多人。幾乎所有的人都拿著一些貢品，對他頂禮膜拜。也是在那一次父母硬讓我對他磕頭的。

我拿了一些哈達之類的去他的寺院看他。一個僧人把我領進了他的臥房。我進去時他正端坐在那兒，他的周圍放著一些經書等他經常用的東西。他示意讓那個領我進來的僧人回去。感受著房間裡的那種氣氛，我覺察到了我們之間的一些距離。我恭敬地給他獻了哈達，正猶豫著要不要對他磕頭時，他揮手讓我坐到他的旁邊。他的臉上還保留著小時候的一些神情。看到那神情，我就覺得我們之間那種距離感一下子沒有了。

他笑著說：「上次你的父母讓你對我磕頭難為你了。」

我不知該怎麼回答他，就說：「所有的人都對你磕頭，我也應該磕頭。」

他看著我的樣子說：「現在沒有別人，你就不要那樣拘束了。」

聽了他的話，我還是很拘束。

他就轉移了話題：「你的數學那麼好，為什麼沒有繼續上大學啊？」

我沒上大學的原因有很多，但我不想對他講這些，就找了一些理由敷衍了他。

他說：「我也聽說了一些，就是很可惜啊。」

我在他身邊漸漸放鬆下來了，就像我們小時候那樣。

他說：「你現在的狀態就像我們小時候一樣。」

回到以前的狀態之後，我對他有點肆無忌憚起來，開玩笑似地問：「你對數學還是很恐懼嗎？」

他搖了搖頭，笑著說：「還是很害怕。」

我也笑了：「現在誰也不會逼你做任何你不願意做的事了，多好啊。」

他說：「也沒有啊。現在我的經師已經開始讓我學天文曆算了，雖然也跟數字有關，雖然也要算來算去的，但我覺得沒有我們小時候的那種數學難。」

我有點驚訝，說：「我聽說那可是很高深的學問啊，比那些小學的數學可難多了。」

他像是謙虛似地說：「還好，還好。」

我不得不再次仔細地看他了：「是不是你成了轉世活佛之後，你的腦筋突然就開竅了？有個成語不是叫醍醐灌頂嗎。」

他還是笑著說：「可能那時候依賴你依賴成習慣了。」

我只有繼續看著他了。

之後，他又問：「聽說有人證明了一加一等於三，這是為什麼呢？」

我說：「這是很高深的學問，只有那些數學天才才能證明出來。」

雖然我的數學從小學到高中畢業一直都很好，但對於這個問題，我也是一頭霧水，就只好含糊其辭了。

他說：「我只知道一加一等於二，二加二等於四，三加三等於六，四加四等於八，五加五等於十，六加六等於十二，七加七等於十四，八加八等於十六，九加九等於十八，十加十等於二十。」

我擔心他會這樣一直要加到一百加一百等於二百，但他加到十加十等於二十就停下來了。

我慶幸地舒了一口氣。

這時我又懷疑他是怎麼學天文歷算的，但還是說：「你現在的算術算得很快啊。」

他在算那些數字時有點激動，這會兒好像平靜下來了，說：「我就是不明白為什麼一加一等於三。」

烏金二十歲就死了，而我二十歲後還活著，我覺得有點茫然。如果用減法來算，今後我們之間的年齡差距就會越來越大了。對於烏金的去世，我知道我不能用「死」這個字來表述，但那時候我就是說不出「圓寂」這兩個字，把這兩個字用在一個跟我一起長大的夥伴的離開人世，我覺得很彆扭。但這些都不是主要的，主要的是烏金已經死了，不能再活過來了。

我和烏金的最後一次見面是在那年的新年。從新年的第一天開始，我們就都二十歲了。其實，在那個小城鎮找到那份工作之後，我在方方面面都不是很順利。我也聽說我們村和其他村的人遇到一些不如意的事會去求烏金保佑。聽說得到烏金的加持之後，很多人都變得順利了。我不是很相信這些，但這兩年我真的是很不順利，就想著要不要趁著過年去讓烏金加持加持我。

烏金被認證為轉世活佛之後，村裡流傳著關於烏金出生時的各種殊勝奇異的事情，什麼冬天果樹開花呀，什麼晴天有雷聲傳來呀，什麼晴空萬里出現七色彩虹呀什麼的種種奇妙的解釋不通的現象。這些我都不是很相信，但又不是完全不相信。因為我和烏金的特殊關係，後來一些人也向我打聽烏金小時候有沒有什麼不一樣的表現之類的問題。除了他每次數學考試不及格之外，我確實記不起他跟別人有什麼不一樣的地方。但是有一次，我突然記起了烏金小時候的一件事。從那件事上，至少可以證明他小時候是個很善良的孩子。那是小學三年級時，有一次我們去黃河邊上玩耍。黃河邊上有一塊很大的奇異的石頭，烏金經常喜歡上那裡玩。傳說蓮花生大師當年引領黃河經過這裡時天快黑了，就和他的兩位妃子背靠著這塊巨石休息了一個晚上。那塊巨石上就留下了三個人後背的印痕，兩邊的小，中間的大，老人們說中間的是蓮花生大師的，兩邊的是兩個妃子的。這塊巨石在這一帶被視為聖石，經常有很多人來朝拜。我們這一帶的人大都信仰遵奉蓮花生大師為祖師爺的藏傳佛教寧瑪派，可能也和這個有關係。烏金的名字就是蓮花生大師名字中的兩個字。

那天沒有什麼朝聖者，我們盡情地玩了一個下午就回去了。回去的路上在一塊沙地裡，我們突然看見一條魚在活蹦亂跳著。我也沒想這魚怎麼會在這兒，就說：「好大的魚啊，我們把牠賣給那些修路的人吧，他們吃魚。」

烏金跑過去把魚撿起來說：「不行，我要把牠放回水裡。」

我看見那條魚在他手裡使勁地動著，就說：「唉，算了吧，再把牠活著放回黃河裡不可能了，太遠了，路上就死掉了。」

烏金說：「你先回家吧，我要把牠放回水裡。」

說完就拿著魚跑了起來。我在他後面猶豫了一下，還是跟著他跑了。路上，那魚不動了，我就說：「算了，別跑了，魚已經死了。」烏金不聽我的話，還是拿著魚向前跑，我也只好跟著跑。到黃河邊上時，我和烏金都喘得很厲害，幾乎直不起腰來。烏金輕輕地把那條魚放到了淺水處。那魚漂在水面，像是死了。烏金屏住氣看著那魚。後來，那魚在水裡動了一下，又動了一下，然後就游起來，游向水深的地方了。我把這件事講出來時，那些人說這樣的人物身上肯定有一些跟別人不一樣的秉性。

因為關於烏金的各種傳言，和自己回憶起來的關於烏金的點點滴滴的事情，後來有時候我也覺得烏金身上有一些和別人不一樣的地方了。所以在那年的大年初一，我特意準備了一條哈達和一些禮物，給烏金拜年去了。

見到烏金時還是和以前一樣，對我顯得很親切。但是我對他的感覺卻有了一些變化，覺得自己對他自然而然地產生了一些敬畏。

我恭敬地獻上哈達等禮物之後，後退一步準備給他磕頭了。

烏金笑著說：「咱倆之間就不用那麼拘禮了。」說著讓我到他旁邊坐。

但我還是對著他磕了三個頭。

他端坐在那兒看著我。

我說：「烏金，嗯，活佛，我這兩年老是不順，你要給我加持加持啊。」

烏金說：「你相信這些嗎？」

我說：「我聽別人說你很有加持力。」

烏金笑了，說：「我的好夥伴，我肯定會給你好好加持的。」

說著他閉著眼睛念了很多經，然後又從他的佛龕裡取出一些聖水讓我喝，最後拿出一根紅色的護身符說：「把這個經常戴在身上吧。」

我對他感激了又感激，他一直說不要這樣。

後來他突然說：「你猜我前段時間看見誰了呢？」

我看著他說：「我猜不到。」

他笑著說：「猜猜吧，是個跟咱倆有關係的人。」

我搖著頭說：「我猜不到。」

他才說：「前段時間咱們小學時的數學老師來這裡了。」

我差點叫起來。自從小學畢業後，我幾乎就沒有見過那個數學老師了。

他繼續說：「她來求我給她加持。」

我說：「她來求你？」

他說：「是啊，她結婚了，生了個孩子。」

我說：「她提了小時候的事嗎？」

他說：「她沒提，我向她提起我小時候數學很差的情況，她都不讓我提，說那是罪過。」

我不相信會這樣。

他繼續說：「她對我磕了三個頭，讓我保佑她的孩子好好活下去。」

我說：「你怎麼說的？」

他說：「我說我會經常為他們祈福。然後她就很感激地走了。」

我說：「沒想到她也會這樣。」

他說：「她好像沒有太大變化，神情比以前安詳多了。」

我說：「可能那時候她也不容易。」

他又說：「你猜我向她問了什麼問題？」

我說：「我猜不出來。」

他說：「我問她為什麼有人說一加一等於三。」

我說：「她說什麼？」

他說：「她說她一個小學數學老師回答不了這麼高深的問題。」

我又想起之前他問我這個問題時的情景。

他說：「我以後一定要弄清楚為什麼一加一等於三。」

新年之後，我聽到的關於烏金的消息就是烏金死了。

現在，即使我能夠接受對於烏金的死用「圓寂」這兩個字來表述，但這也不是主要的，主要的是烏金圓寂之後，寺院的僧侶和周圍的信眾要為烏金建造一座佛塔，這座佛塔裡要裝上烏金的牙齒。說來說去，建造佛塔這件事也不是主要的，對於一個資歷很高的活佛，升天後他的信眾要為他建造一座佛塔來紀念，也不過是一件再平常不過的事了。

最最主要的就是蒐集到的準備裝藏的烏金的牙齒有五十八顆。對於一個平常的人來說，五十八顆牙齒顯然是太多了。對於一個不太平常的人來說，五十八顆牙齒顯然也是太多了。

說實話，之前我不是確切地知道一個人一般有多少顆牙齒。因此，我問一個老者：

「人一般有多少顆牙齒？」

老者想了一會兒說：「可能有三十顆。」

我看他回答得不是很明確，就問另一個老者：「人一般有多少顆牙齒？」

老者不假思索地說：「三十二顆。」

聽著老者堅定的語氣，我覺得這個數字應該是準確的。

最後，為了確認這個數字的準確性，我去了一個網吧。

網吧管理員說：「你需要登記身分證。」

我說：「為什麼要登記啊？」

他說：「這是上面的規定。」

我說：「我就查個東西，就幾分鐘，不登記不行嗎？」

他說：「我也沒辦法，這是上面的規定。」

我說：「你這人真麻煩。」

他好像生氣了，說：「我就是個打工的，一個月就掙幾百塊錢，你幹嘛跟我過不去呢。」

我看了看那些正在上網的人，就把身分證給了他。

他一邊登記一邊指著他正在登記的那個本子說：「你看，這裡所有上網的人都登記了，這是上面的規定。」

我沒再答理他，等著他把身分證還給我。

辦完上網手續後，他問我：「你要查什麼？」

我沒好氣地說：「我要查人一般有多少顆牙齒。」

他笑了，說：「你連這個也不知道啊。」

我就說：「那你說說人一般有多少顆牙齒？」

他想了一會兒，不好意思地說：「你剛剛一說，我覺得自己應該知道這麼個簡單的常識，但是你真讓我說出具體有多少顆，我還真說不上來了。是不是有二十幾顆呀？」

我看著他笑了笑說：「你還是自己好好數數吧。」

接著我就開始上網，我回頭看時，那個管理員好像正坐在那裡把指頭塞進嘴裡數自己的牙齒。

我把「人一般有多少顆牙齒」輸入了「百度知道」，一下子就出來了幾百個網頁。

我打開了其中一個網頁。那上面有很多人的回答和留言。

一個叫「北京美女牙醫」的只留了兩個數字：

28。

一個叫「冬眠的木木」的回答是：

28＋4，不過有些人不長智齒。

一個叫「知識非問不能學」的回答者的回答是：

正常全部長出是三十二顆，也有智齒未能全長出的，二十八至三十二不等。有些特殊的人是沒牙齒的，比如無齒（恥）之徒。

我看了條最詳細的，回答者是「我是強者」，如下：

人的一生有兩副牙列：乳牙列和恆牙列。乳牙一般從嬰兒六個月開始萌出，口腔內一共有二十顆乳牙，大約在兩歲半左右全部萌出。恆牙一般從六歲開始萌出，第一恆磨牙即「六齡齒」。此後乳牙從前牙開始逐個脫落替換，一般到十二歲替換完成。此時形成的恆牙列為人的終生牙列，應尤其注意保護。

每個人有三十二顆恆牙，真正行使功能的牙齒有二十八顆。

當牙脫落一、二顆時，並不會影響全身健康，但牙齒逐漸脫落剩下不到二十顆時，就開始影響身體多個系統功能。此時，應將脫落的牙齒及時修復好。口腔中保持二十顆以上有功能的牙齒，人的衰老速度會減慢下來，有利於延長人的壽命。這是因為人的牙齒少於二十顆，食物得不到充分咀嚼，影響消化功能；說話發音會受到不良影響，容貌也會顯得蒼老，對人的心理會產生負面影響。另外，牙齒還是體內重要的平衡器官，人的許多體力活動和注意力集中的腦力勞動都需要牙齒咬合來配合。牙齒少於二十顆時，人的平衡機能受到影響，容易出現活動失誤、摔倒等現象……

這一條甚至對什麼年齡階段的牙齒該用什麼樣的牙膏等諸如此類的問題，都做了詳細的記述。我被這些描述嚇了一大跳，心裡說以後得好好保護自己的牙齒了。

這樣，我們這裡的人都明白這五十八顆牙齒肯定不全都是烏金的牙齒，裡面肯定也有他人的牙齒。

寺院的僧侶把那些牙齒用哈達好好地包起來，拿去讓烏金的父母辨認。但烏金的父母說，他們把能找到的烏金的牙齒等跟烏金有關的東西全都拿去交給寺院了，包括那些小時候換牙時扔到房頂或者其他地方的乳牙，現在就是怎麼也分辨不出那些混進他們兒子尊貴的牙齒隊伍裡面的他人的牙齒。

最後，無奈之下，那座佛塔快要建成之時，寺院住持把那五十八顆牙齒全都和經書等裝藏的什物裝進了佛塔裡面。

佛塔建成後，自然有很多人去拜，我也會經常去拜一拜。不知道是為了紀念烏金，還是為了求得他在冥冥之中的一些護佑。

有一次，轉佛塔時，我突然記起我小時候的一件事。

有一次，放學後，我和烏金到他家裡做作業。到他家後，他讓我先做數學作業，他在旁邊耐心地等著。

做完數學作業，就輪到烏金耐心認真地抄寫了。

突然，我那顆前兩天就鬆動了的牙齒又疼了起來。

我疼得忍不住叫了起來。

烏金出去叫來了他的爸爸。他的爸爸看了看我的牙齒說：「這個牙齒可以拔掉了。」

說著拿來一根細線，把線拴在那顆鬆動的牙齒上，就和我天南地北地聊了起來。

我感覺到嘴裡有一點點的痛時，我那顆鬆動的牙齒已經在烏金的爸爸手裡了。

他笑著把牙齒遞給我說：「用羊毛包上從天窗裡扔到房頂吧。」

我用羊毛包住牙齒，走到天窗底下往上看，看怎樣才能把牙齒扔到天窗外面。

烏金的爸爸笑著看我，說：「知道扔之前該說什麼吧？」

我說：「當然知道。」

我們這裡的民間有個說法，就是天窗之外的房頂專門有個管理小孩牙齒的精靈，你要是念了那句咒語一樣的話，你就會長出好看的牙齒。

烏金和他的爸爸都看著我。

我舉起那顆用羊毛包著的牙齒，嘴裡念念有詞：「難看的狗牙給你，潔白的象牙給我。難看的狗牙給你，潔白的象牙給我。」

這樣重複了兩遍之後，我就把那顆牙齒連同羊毛扔了上去，沒再掉下來。

烏金和烏金的爸爸都誇我扔得很準。

想到這裡我又記起，烏金被認證為轉世活佛之後，寺院裡來了幾個僧人，說烏金父母送來的東西裡還缺幾顆牙齒，到烏金家的房頂找了半天，最後又找到了幾顆烏金小時候的乳牙，像找到了什麼寶貝似地帶走了。那麼我想，我小時候扔到烏金家房頂的那顆乳牙，也肯定被寺院的僧侶給撿走了，而且現在就在這座莊嚴的佛塔裡面，和烏金那些尊貴的牙齒一起享受著萬千信眾的頂禮膜拜。

嘛呢石，靜靜地敲

洛桑是個名副其實的酒鬼，一個月裡幾乎有二十天他都醉著。

他阿媽去世的時候，他也在醉著。他阿媽是在一個月前的某個午後突然去世的，沒有任何預兆，午飯時還吃了一大碗酥油糌粑。

當時，洛桑的老婆桑姆勸她不要吃得太多，說老人吃多了不容易消化。老阿媽卻很生氣，說：「我都這把年紀了，誰知道還能活多久，能吃就多吃點！」

吃完那一大碗酥油糌粑後，她還喝了一大碗茶。之後，她覺得很睏，就側身躺在卡墊上，呼呼地睡著了，再也沒有醒來。

洛桑的阿媽死後，老人們開玩笑地說：「至少這個老太婆沒有餓著肚子離開人世，還算有福，不像五八年那些個餓死的，死了都成了餓鬼了。」

據洛桑的老婆後來回憶說，阿媽在睡著前還提到了洛桑，突然說了一句：「洛桑這傢伙是不是又在外面喝醉酒了？整天連影子也見不到，太像他酒鬼阿爸了！」

洛桑聽了這話就覺得很悲傷，覺得自己真是一個不孝之子。但更讓洛桑覺得悲傷的是，阿媽去世時自己竟然醉著，這也太不像話了。這讓他在村裡再次成為了笑柄。

辦理完阿媽的後事，他幾乎就讓自己天天都醉著。他說這是讓自己不感到悲傷的唯一辦法。老人們翹起大拇指對著他說：「你這傢伙現在的樣子簡直都超過你那名副其實的酒鬼父親了。」

洛桑不理他們，任他們怎麼說。

洛桑的父親也是個嗜酒如命的傢伙，後來死在了酒上。

關於父親的死，洛桑記得很清楚。一天冬日的早晨，幾個小伙子把已經凍僵了的父親的屍體抬到大門口時，四肢在地上向四處伸展著。小伙子們想把洛桑父親的屍體抬進院子裡，但那時他們家的門太小，怎麼抬也抬不進去，沒有了辦法，就只好放在門口，往院子裡喊了一聲，走掉了。母親出來看著門口僵硬的屍體沒有流淚，只是冷冷地說：「我早就知道這一天會到來，只是遲早的事。」

被凍僵了的洛桑的父親臉上似乎還掛著一絲笑，似乎在看著天上笑。

洛桑的母親瞪了一眼丈夫那張發青發紫像是笑著的臉，轉身就進了院子。

當時，洛桑還睡著。母親怒氣沖沖地把他從被窩裡拖出來時，他還不知道發生了什麼事。母親把他拉到門口，指著父親冰冷的屍體冷冷地說這就是亂喝酒的下場。洛桑看著父親發青發紫似微笑著的臉，心裡還有點好笑。他從來都沒有見過那樣一種笑。那個笑容永遠地留在了他的腦海裡。後來，每當想起父親時，他的腦海裡就浮現出父親那怪異的笑容。

當母親說你父親喝酒喝死了時，他才害怕起來。漸漸地害怕得發抖，不敢說話，想哭又哭不出來，心裡暗暗發誓自己將來絕不沾酒這東西。

可是剛過十八歲，洛桑就迷上了喝酒，成了一個名副其實的酒鬼了。他母親只好嘆著氣說自己真是命不好，可能是上輩子造了什麼孽。

這一天的白天洛桑又像往常一樣去找他的酒友丹增喝酒了，一直喝到了晚上。

晚上有月亮，低低地掛在天上，很大很圓很亮。洛桑和他的酒友丹增走在月光裡，醉醺醺的，鼻子裡哼著小調。有一次，他倆還停下來，對著月亮撒尿，嘴裡胡亂罵著什麼。後來，他倆就各自走回各自的家了。

洛桑一進屋就甩掉腳上的靴子，吐著酒氣往老婆的被窩裡鑽。

他老婆被他吵醒，從被窩裡狠狠地踢了他一腳，罵道：「你這個酒鬼！」

他抱住老婆的腿，繼續往被窩裡鑽，還笑嘻嘻地說：「我就是個酒鬼，我喜歡這個名字！」

早上天剛亮，洛桑就醒來了。醒來後，他突然莫名其妙地說：「昨晚的月亮特別特別地大，特別特別地圓，也特別特別地亮。」

洛桑老婆說：「那又怎麼了？十五的月亮就是那樣！」

洛桑頓了頓又說：「我在月光裡聽到有人敲嘛呢石的聲音了。」

他的老婆桑姆已經給他端上了一碗醒酒的羊肉湯，說：「你是不是還沒清醒過來啊？喝了這碗羊肉湯再說話。」

洛桑喝了一口羊肉湯，說：「我清醒得很！那敲嘛呢石的聲音靜靜的，卻又真真切切！」

他老婆問：「你是在哪裡聽到的？」

他說：「路上，回來的路上，那聲音就是從嘛呢堆的方向傳來的。」

桑姆仔細看了他一眼，接著又狠狠瞪了他一眼，說；「不可能，刻石老人已經死了好幾天了，再也沒人會刻嘛呢石了。」

洛桑說：「我知道他死了，可是我確實聽到了，就像之前他活著時聽到的聲音一模一樣。」

桑姆說：「不可能！」

洛桑說：「什麼不可能？我親耳聽到的，有什麼不可能！」

桑姆笑了，說：「你回來時醉得就像條狗一樣。」

洛桑說：「我知道，妳還罵了我一句酒鬼。」

桑姆說：「我以為你糊塗了呢！」

洛桑又喝了一口羊肉湯，想了想，說：「我雖然醉得像條狗一樣，可我什麼都記得。」

桑姆說：「不可能。」

洛桑說：「我也覺得奇怪，平常喝了酒什麼都不記得，可是昨晚上的事我都記得清清楚楚。」

桑姆的臉上浮出一絲壞笑，說：「你還記得什麼？」

洛桑看出了老婆臉上壞笑的意思，他的臉上也浮出同樣的壞笑，一口喝乾碗裡的羊肉湯說：「妳就別問了，我都記得，什麼都記得。」

桑姆說：「你發誓！」

洛桑說：「我是從來不隨便發誓的，但是我真的什麼都記得。」

桑姆也就笑，不說什麼。

洛桑也笑，不說什麼。

桑姆重新盛上一碗羊肉湯，依然壞笑著說：「把這個也喝了，你該好好補補了。」

洛桑沒說什麼，又「咕咕咕」地把羊肉湯給喝了，就像他平常大口喝酒一樣。

上午，太陽被那幾塊烏雲緊緊地裹著，老也出不來。

一陣大風從東面呼呼地吹來，烏雲不見了，太陽也升起來了，之後村裡人也集中到村中央的那個廣場上了。

村裡人每天都喜歡談論各種各樣新鮮的話題，先是談論了昨晚的月亮，都感嘆了一陣昨晚的月亮的大，昨晚的月亮的圓，昨晚的月亮的亮。

然後洛桑就說了自己在昨晚的月光中聽到有人敲嘛呢石的聲音的事。

他的話一下子引起了人們的興趣。

人們議論紛紛起來，最後，幾乎所有的人都不相信洛桑說的是真的。

一個人還怒氣沖沖地說：「一個酒鬼的話有什麼可信的！」

洛桑顯得很無奈，不知道該怎麼辦，最後就發起誓來。

他發完誓人們也不相信他的話。

他發現昨晚和自己一起回家的酒友丹增也在人群中，也在笑著，就豎起眉毛瞪他。

這一瞪他才發現酒友丹增的臉發青發紫，還似笑非笑著，一下子想起自己父親死後的那個笑容，心裡有點緊張，不知所措地問：「你的臉怎麼了？」

酒友丹增說：「我也不知道。早晨我老婆說我的右臉發青發紫，我照鏡子看時，果然發青發紫得厲害。」

洛桑說：「真是一件奇異古怪的事情，還好你還活著。」

酒友丹增看著洛桑的臉說：「你說什麼？」

洛桑這才反應過來，說：「噢，沒什麼。」

酒友丹增瞪了他一眼，說：「我懷疑是你昨天晚上打我的。」

洛桑認真地說：「不可能，昨晚上的事我都記得。」

酒友丹增說：「是嗎？」

洛桑笑了笑，但還是很認真地說：「是。」

酒友丹增說：「我不相信，平常我喝醉酒，一說錯什麼話，你就喜歡打我的右臉。」

洛桑說：「但昨天晚上我確實沒有打你的右臉，這我記得清清楚楚。」

酒友丹增笑了，說：「那你發誓你昨晚上沒有打我。」

洛桑又一次雙手合十，閉上眼睛，說：「我發誓！」

酒友丹增摸了摸自己發青發紫的臉，說：「那我相信了，可能是我自己栽了一跟頭，撞到路邊的一塊石頭上了。」

洛桑不理他，看著旁邊那些用詭異的眼神看著自己的村裡人說：「可這些人不相信我！」

酒友丹增馬上站到了洛桑的一邊，對著村裡人說：「洛桑平時是從不發誓的，只要發誓了，就不會是假的，你們趕緊相信他的話吧。」

人們還是晃著膀子搖著頭。

酒友丹增也恍惚了，瞪眼對洛桑說：「昨天晚上我倆可是一起回的家，我什麼都沒聽到，你怎麼就聽到了什麼？」

洛桑說：「月亮，很大很圓很亮的月亮，你還記得吧？」

酒友丹增說：「記得記得，我記得我這輩子也沒見過昨晚上那麼大那麼圓那麼亮的月亮。」

洛桑說：「你還記得你對著月亮說了什麼嗎？」

酒友丹增有點羞澀地說：「不記得。」

洛桑說：「你說，『月亮月亮，你的臉就像我老婆的臉，真漂亮！』」

幾個人看著洛桑的酒友丹增嘻嘻地笑。

酒友丹增趕緊不好意思地說：「好了好了，你就別說了。」

洛桑就瞪著眼睛看他。

酒友丹增再次很認真地說：「但是我確實沒有聽到什麼敲嘛呢石的聲音。」

洛桑很認真地說：「你沒見我剛剛發誓了嗎？雖然我是個酒鬼，但我從來不拿佛開玩笑！我是向佛發誓的。」

酒友丹增想了想，點點頭，然後很鄭重其事地說：「確實是。」

洛桑這才把目光從酒友丹增臉上轉過去，看其他人的臉。

其他人看他的眼神有點莫名其妙，洛桑有點捉摸不透。

這時，一個留著山羊鬍子的老傢伙說：「洛桑雖然是個酒鬼，但真沒見他為什麼事隨便發過誓啊。」

他的眼睛看著前面空氣裡的什麼地方，不看那些村裡人。他說話時的表情有點嚴肅，和他的長相形成一種反差，顯得很滑稽。

洛桑看著山羊鬍子的樣子笑了。

山羊鬍子這時才把目光轉向洛桑的臉，說：「你這個酒鬼！你笑什麼笑？我這是為你說好話呢！」

其他人也紛紛看洛桑，臉上也是嚴肅的表情。

洛桑也就嚴肅地點點頭，臉上露出了笑。

其他人也嚴肅地點點頭，之後又馬上笑出聲來。

洛桑收起臉上的笑，說：「你們到底相不相信我說的話？」

所有的人看著他的臉曖昧地笑。山羊鬍子也曖昧地笑著，臉上的表情很詭異。

洛桑生氣了。臉一下子變得紅紅的，紅到了脖子根裡，說：「你們真是些沒有意思的人，我發了誓還不相信我說的話！」

人們還在笑，發出了笑聲。

洛桑有點急了，說：「我聽到那敲嘛呢石的聲音就從山上的嘛呢堆那裡傳來的，我跟我老婆也說了這事，她最後也相信了。」

有人笑起來：「哼哼，刻石老人的屍體早就被燒成灰，撒到嘛呢堆周圍了呢。」

洛桑說：「這個我也知道。」

山羊鬍子說：「那你還胡說什麼？」

洛桑說：「我沒胡說，我可以再發誓！」

酒友丹增說：「你就別再發誓了，你再發誓他們也不相信。」

洛桑說：「為什麼？」

酒友丹增說：「就因為咱們是酒鬼。」

洛桑生氣地說：「哼，不相信就算了。」

山羊鬍子笑了，眼神裡帶著一點嘲諷的意思，說：「你真是個沒耐心的人，我正要想辦法讓他們相信呢。既然你自己都沒有耐心了，那就沒這個必要了。」

其他人也用嘲笑的眼神望著他。

洛桑對酒友丹增說：「這些人真沒勁，他們不相信就算了。」

酒友丹增說：「是，沒必要跟這些沒見識的人斤斤計較。」

洛桑想了想說：「走，咱倆去嘛呢堆那裡轉轉看。」

酒友丹增的樣子有點不願意，但又無奈地跟著他走了。

人們從後面看著他倆的背影，笑。

他倆往嘛呢堆那邊走時，幾隻羊在前面慢吞吞地大搖大擺地走著，也不理他倆。快到嘛呢堆旁邊時，一隻羊停下來往一塊嘛呢石上撒尿。

洛桑看見，跑過去踢了一腳那羊，嘴裡罵：「這末法時代，連這些畜生也不懂得敬崇佛法了！這些該墮入地獄的畜生，竟敢在神聖的嘛呢石上撒尿！」

那隻羊挨了洛桑一腳，有點莫名其妙，回頭瞪了一眼洛桑，繼續撒著尿搖搖晃晃地向前走去了。尿液在後面的土路上形成一種奇怪的圖案，引起洛桑的各種聯想。

幾隻羊在前面停下來，回頭看那羊，似乎在笑那隻羊。

酒友丹增看著那情形也哈哈地笑起來。

洛桑拿起那塊嘛呢石看了看，用袖口擦掉上面的羊的尿液，罵道：「你看看，這刻石老人不在了，這些畜生也開始欺負這些個神聖的石頭了！」

那塊嘛呢石上刻著一尊佛像，很莊嚴的樣子。

洛桑用袖口再次擦了一擦那塊嘛呢石，放在了旁邊的嘛呢堆上，雙手合十敬了個禮，臉上露出了笑。

酒友丹增的臉上也露出了笑，看著洛桑笑。

那幾隻羊早已搖搖晃晃地走遠了。

他倆到了平常刻石老人刻嘛呢石的地方。那裡空蕩蕩的，像是什麼也沒存在過一樣。

刻石老人的死其實也有點突然，誰也沒有預料到。

刻石老人的死是放羊娃最早發現的。他說他那天把自己的羊群趕出羊圈，從嘛呢堆旁邊的那條小路經過時，就覺得空氣裡有一種不一樣的氣息。他當時辨不清是什麼氣息，繼續往前走。他說他後來看見刻石老人靠在一面嘛呢石牆上，像是睡著了。羊群經過他身邊時他一動也不動。他說他當時就覺得刻石老人已經死了。他說他記得他母親死的時候也是這副樣子，靠在院子裡的那堵牆上，一動也不動。他還說他馬上就嗅到了瀰漫在空氣中的那種死亡的氣息。他說他清楚記得他母親死的時候，空氣中也瀰漫著這樣一種氣息。

刻石老人沒有子女，沒有親戚，村裡人為他辦了後事，簡單而又莊重。寺院裡的活佛還親自過來為他念了超度的經。

那天，洛桑沒有喝酒，他在刻石老人刻過的那些石頭中找著什麼。

他的酒友丹增也沒有喝酒，問他：「你在找什麼？」

洛桑說：「沒什麼。」

後來，他從那些石頭叢中拿起一塊石頭仔細地看，酒友丹增又問：「那是什麼？」

洛桑說：「這是我讓他刻的嘛呢石，可惜沒有刻完，只刻了兩個字。」

酒友丹增問：「什麼？」

洛桑說：「其實不是我讓他刻的，是我那死去的阿媽要讓他刻的。」

酒友丹增過來，看了看洛桑的臉，又看了看那石頭說：「你到底在說什麼？」

洛桑嘆了口氣說：「哎，十幾天前，我阿媽託夢給我，說一定要讓刻石老人為她刻一塊六字真言的嘛呢石。」

酒友丹增說：「噢，原來是這樣，那現在沒辦法了，咱們這兒沒有其他人能刻嘛呢石了。」

洛桑說：「哎，其實也不是我那死去的阿媽要這樣一個嘛呢石的，是我那死去的阿爸要這樣一塊嘛呢石的。我那死去的阿媽有幾次在夢裡對我說，我那死去的酒鬼阿爸老是來煩她，說他死的時候連請幾個喇嘛念幾天經的待遇也沒有，真是悲哀。我死去的阿媽說當時家裡條件有限，再加上十分痛恨他，就沒做什麼法事，現在想想心裡也實在過意不去，就讓我請刻石老人為我死去的阿爸刻一塊六字真言的嘛呢石。」

酒友丹增目瞪口呆地看著他說：「你這也太複雜了吧？」

洛桑說：「不複雜，就這樣，可惜沒有刻完。」

酒友丹增保持著原來的樣子。

洛桑也不理他，把那塊沒有刻完的嘛呢石放在了旁邊的嘛呢堆上。

這會兒，他從地上撿起了那塊嘛呢石。他有點恍惚，他明明記得他是把這塊嘛呢石放在嘛呢堆上的，怎麼現在就到地上了呢。他想也許是哪個放羊娃把它搬到地上了吧。

他拿起那塊嘛呢石仔細看，確實是自己請刻石老人刻的那一塊。只是上面多刻了一個字，已經刻到六字真言的第三個字了。

他把那塊嘛呢石拿給酒友丹增看，並說這上面多了一個字。

酒友丹增說：「不可能！」

洛桑說：「你不記得了，那天你也看了，上面只有兩個字，現在變成三個字了。」

酒友丹增說：「我看了，但我不記得上面是幾個字了。」

洛桑說：「當時只有兩個字，現在變成三個字了。」

看酒友丹增不相信的眼神，洛桑又發了一次誓。

他一發誓，酒友丹增馬上就相信了，神色慌張地看了看周圍說：「是嗎？如果是這樣，這事有點蹊蹺。」

洛桑又在剛才撿到那塊嘛呢石的地方找到了一些鑿子等刻嘛呢石的工具，拿給酒友丹增看。

酒友丹增更加嚴肅地說：「這事絕對蹊蹺。」

洛桑和酒友丹增就拿著那塊嘛呢石到了寺院裡的活佛處。

活佛是個胖墩墩的慈眉善目的傢伙，遠遠地看見他倆從大門進來就說：「你倆是不是來戒酒了？」

他倆上前磕了三個頭，不敢說什麼。

活佛笑嘻嘻地說：「我知道你們一時半會兒還戒不了，到自己真正想戒時再來吧。」

洛桑雙手遞上那塊嘛呢石說：「我們不是來戒酒的，我們是來讓您看這個的。」

活佛拿起那塊石頭，好奇地看，然後說：「這是什麼？」

洛桑趕緊說：「仁波切，咱們村裡出了個很邪乎的事情。」

活佛瞪眼看他。

洛桑也抬起眼看活佛的臉。

活佛問：「什麼？」

洛桑就低下頭繼續說：「昨晚上我喝醉酒回家時，聽到有人敲嘛呢石的聲音。」

活佛問：「然後呢？」

洛桑說：「然後是今天早上。今天早上我把這件事說給村裡人聽，他們都不相信，我發了誓他們也不相信！」

活佛說：「隨便發誓不好，也是一種罪過！」

洛桑說：「我也是為了讓他們相信才發的誓，平常我也不隨便發誓。」

活佛看著他的臉，不說話。

洛桑的酒友丹增也看著活佛。

活佛看著洛桑的酒友丹增問：「昨晚上你們在一起嗎？」

他說：「在，我們在一起。」

活佛問：「你聽到什麼了嗎？」

他說：「沒有，什麼也沒聽到。」

活佛又看洛桑。

洛桑的表情有點委屈，繼續說：「要不要我再發一次誓？」

活佛搖搖頭，突然說：「不用。我說過隨便發誓不好。然後呢？」

洛桑高興地對酒友丹增說：「你看看，活佛開始相信我說的話了。」

酒友丹增也說：「我一直都相信你說的話。」

活佛不理酒友丹增，繼續盯著洛桑說：「我不讓你發誓並不代表我全信你的，但是然後呢？」

洛桑說：「然後我們就去了嘛呢堆那裡，找到了這塊石頭。」

酒友丹增說：「是，是我們倆一起找到的，我覺得這事有點邪乎。」

活佛還是不理酒友丹增，繼續用眼角盯著洛桑看。

洛桑這才一本正經地說：「這石頭上面多了一個字，我記得清清楚楚，刻石老人死的時候這上面只刻了兩個字，現在已經是三個字了，這是真的，我發誓！」

活佛再次仔細地看那塊石頭，還用手摸了摸上面的字。

洛桑和丹增看著活佛不敢出氣。

活佛說：「原來是這樣，這字還刻得挺不錯的，但是這樣問題就大了。」

洛桑和酒鬼抬頭看活佛。

活佛說：「這個老傢伙一定是被什麼東西牽絆住了，還在中陰中晃蕩著，離不開這個世界。」

洛桑和酒友丹增像是畫在畫上的兩個人，眼睛也不眨一下。

活佛有點掃興地說：「看來我給他念的超度經沒有起到太大作用。」

洛桑和酒友丹增依然像是兩個畫在畫上的人，但是眼睛很快地眨了一下。

活佛說：「如果不及時把他超度，萬一他將來變成什麼厲鬼禍害鄉里，那問題就大了。」

洛桑和酒友丹增再次眨巴了一下眼睛說：「哇，沒想到情況這麼嚴重！」

活佛嚴肅地說：「明天必須召集一些喇嘛做法事，好好超度這個老傢伙了。」

洛桑和酒友丹增說：「仁波切說什麼就是什麼，我們倆一切聽您的吩咐。」

活佛讓洛桑把那塊嘛呢石留下了，說明天做法事超度時用，洛桑稍稍猶豫了一下就答應了。

這一天，洛桑沒來得及喝一口酒。一回到家，老婆就驚奇地問：「哇，你今天怎麼沒有喝醉啊？莫非太陽從西邊出來了？」

洛桑也不答理她，把今天的事情都一股腦兒說給她聽。

聽完，她只是張大嘴巴「啊媽媽」地喊了一聲。

她為他做晚飯，他說不想吃，起身走出了大門。

外面的月亮很好，幾乎跟昨晚一樣。洛桑看了看月亮，然後就把耳朵支向嘛呢堆的方向。他聽了很久也沒有聽到什麼。他覺得有點蹊蹺，回到家裡對老婆桑姆說：「奇怪，今天晚上那敲嘛呢石的聲音沒有了。」

桑姆說：「也許昨晚上就沒有，你聽到的只是一種幻音。」

洛桑瞪了一眼女人，說：「連妳也不相信我，沒意思！」

說完倒頭就睡了，很快發出呼呼的鼾聲。

第二天，他又早早地醒來了。

桑姆為他準備早餐，他說他不吃，說要去見活佛。

桑姆已經給他倒了一碗清茶，他喝了一口，起身披上衣服準備離開。

她問他這麼早去見活佛幹什麼，他說他做了一個夢。

桑姆問做了什麼夢，他像是沒有聽見似地出去了。

他一個人大清早去了活佛家。

活佛在佛堂裡念經，看見他來就停了。

活佛問：「你怎麼又來了？」

洛桑說：「仁波切，昨晚我做了一個夢。」

活佛說：「夢？什麼夢？」

洛桑說：「刻石老人夢裡對我說，那塊嘛呢石是我阿媽逼著讓他刻的，他說他死後我阿媽不停地找他不讓他安寧，就答應刻完它了。他還說請仁波切不要請喇嘛作法超度他，他說他刻完這塊嘛呢石就自然往生了。」

活佛仔細地聽完，然後說：「看來這個老傢伙還保持著他善良的本性。」

洛桑說：「是啊，是啊，您就不要請喇嘛們來作法了吧。」

活佛說：「萬一他變成厲鬼來禍害鄉里，那時就難辦了。」

洛桑笑了，說：「刻石老人早就料到您會這樣說。」

活佛瞪著他說：「什麼？他說什麼？」

洛桑說：「刻石老人說，他這輩子刻了那麼多嘛呢石，積了那麼多德，再怎麼著也不會變成個厲鬼禍害鄉里的。」

活佛笑了，說：「這老傢伙，死了還嘴硬！」

洛桑說：「您就不要請那些喇嘛來念經了吧。」

活佛說：「可是我已經請他們了。這會兒，他們可能就在路上了。」

洛桑說：「您千萬不能這樣，要是刻石老人完不成自己的心願，也許就真的變成什麼厲鬼禍害鄉里了。」

活佛說：「我才不怕呢！我有辦法制服他。不過他既然有這樣好的心願，我就打發我的管家讓喇嘛們回去吧。」

洛桑說：「感謝仁波切，感謝感謝！」

活佛說：「那就讓他好好刻吧，時間不要拖得太長了。」

洛桑站著不動，看著活佛笑。

活佛說：「你怎麼還不走？」

洛桑說：「那塊嘛呢石還在您這兒呢，我帶回去放到嘛呢堆那裡吧。」

活佛說：「噢，是，我拿給你。」

洛桑說：「是刻石老人讓我把嘛呢石從您這兒拿回去，放到嘛呢堆那兒的，他說這樣他才能刻。」

活佛笑了，說了句「這老傢伙」，進去從佛堂的某個角落裡拿起那塊嘛呢石給了洛桑，說：「要是這老傢伙再到你夢裡，就告訴他刻完嘛呢石趕緊走，要不然就走不了了。」

洛桑笑了笑，說了聲「一定一定」，拿著嘛呢石走了。

洛桑和酒友丹增把那塊嘛呢石恭恭敬敬地放在了昨天的那個地方。

他看了看四周說：「老傢伙，我把嘛呢石給你要回來了，也說好不讓活佛做法事了，你就好好刻吧，早晨我在活佛家還說了你不少好話呢。」

酒友丹增莫名其妙地看著他，又看了看四周。

四周除了那些嘛呢石靜靜地躺著之外，什麼也沒有，連隻羊也沒有。

洛桑突然又想起什麼似地對著空盪盪的空氣說：「哎，對了，昨晚我怎麼沒聽到刻嘛呢石的聲音了？你是不是偷懶了？」

空氣裡空盪盪的，連個回聲也沒有。

酒友丹增看著他的臉，疑惑地說：「你昨天還一副神神祕祕慌慌張張的樣子，今天怎麼就看著完全釋然了。」

洛桑說：「我知道了誰在敲嘛呢石了。」

酒友丹增很奇怪，問：「誰？」

洛桑說：「就是死去了的刻石老人。」

酒友丹增睜大眼睛說：「你怎麼在說胡話？」

洛桑說：「我沒有說胡話，刻石老人在為我阿媽刻一塊六字真言的嘛呢石，就是昨天咱倆撿到的那塊。」

酒友丹增張大嘴巴，看著他不說話。

洛桑推了他一把，說：「走，現在沒事了，咱倆喝酒去，昨天一天沒喝酒，喉嚨裡怪癢癢的。」

之後，他倆就去喝酒了。

下午，他倆就喝醉了。

洛桑不停地打著嗝。酒友丹增笑了，說：「你今天怎麼了，喝了那麼一點就成這樣了。」

洛桑不理他，繼續打著嗝。酒友丹增就醉醺醺地繼續笑。

洛桑突然停止打嗝，說：「我得去看看那老傢伙。」

酒友丹增說：「誰？」

洛桑說：「還有誰？就是那個老傢伙，刻嘛呢石的老人。」

酒友丹增說：「這兩天你可能是撞上鬼了！」然後斜眼看他。

洛桑說：「你不用那樣看我，我很正常，等會我得給刻石老人送瓶酒去，我知道老人以前喜歡喝點小酒。」

酒友丹增還在用那種怪異的眼神看著他。洛桑也不再理他，拿上一瓶酒就走了。

洛桑醉醺醺地到了嘛呢堆旁邊。

他看了看四周紅著眼睛說：「老傢伙，開工了嗎？我怎麼聽不到刻嘛呢石的聲音？」

空氣裡只有一絲風的聲音。

洛桑覺得有點無聊，就躺在那塊嘛呢石旁邊睡著了。

夢裡，刻石老人對他說：「你說你昨晚上沒有聽到刻嘛呢石的聲音，嘛呢石在活佛家的佛堂裡，我怎麼刻？我不至於跑到活佛家佛堂裡刻吧？這也太不像話了吧！」

洛桑說：「哦哦，我明白了。」

刻石老人說：「你剛才又對著我大喊大叫，問現在怎麼聽不到刻嘛呢石的聲音。這個我告訴你，在白天我根本出不來，眼睛裡白晃晃一片，什麼也看不到，只有到了晚上有月光時我才能出來，才能看得見一切。」

之後還做了一些夢，洛桑都不記得了。

他醒來後，仔細回想了一遍刻石老人說的那些話，都很清晰，就笑了笑。

他站起來，把自己帶來的那瓶酒放在了旁邊的嘛呢石堆上，對著空氣說：「我知道你以前喜歡喝點小酒，所以就給你帶了一瓶酒來，累了睏了時喝一口吧，提提神。」

他看了看四周，然後又對著空氣說：「嘿嘿，這下你高興了吧？」停頓了一會之後，他又黑著臉說：「不過你一定得刻好我阿媽讓你刻的嘛呢石啊，刻嘛呢石的錢我是早就付過了的啊。」

黃昏，洛桑回到家裡，老婆桑姆看到他醉醺醺的樣子，說：「你這個樣子才叫我放心。」

然後，熬羊肉湯給他喝。他喝了幾口就睡著了。

半夜，他突然醒來跑到了外面。外面的月光很好，他站在月光裡仔細地聽。他什麼也沒有聽到，就氣呼呼地說：「你這老傢伙，又偷懶了！」

之後，就回去睡覺了。

剛睡著，刻石老人就來到了他的夢裡。老人也微醉的樣子，瞇縫著眼睛說：「你這個酒鬼，誰讓你給我帶酒的，害得我今晚上沒有刻也刻不好。今晚上月光這麼好，可惜了。」

洛桑也生氣了，說：「我是好心才給你帶去的，誰知道你都成這個樣子了，死都死了還沒有個分寸！」

刻石老人哼哼地生氣，嘴裡說：「要不是你阿媽像個潑婦一樣地死纏著我，我才不願意在這個時候刻這樣一塊嘛呢石呢！你阿媽那女人也真是不要臉，硬說什麼我年輕時跟她好過一段時間，我怎麼就一點也不記得？」

洛桑說：「活該你！不知道你這個老傢伙年輕時風流成什麼樣了！」

刻石老人的口氣就變了，說：「洛桑，你真的不該給我帶酒來，我酒量小，喝幾口就醉了，有時候聞著都醉了。醉了就一點兒也不想刻石頭，不刻石頭你那該死的阿媽又來逼我了，我最煩女人逼我了。你明天最好給我準備點酥油茶，還有一把鋒利的鑿子，刻完這個我就真的得走了，要不然仁波切那個小心眼又該不放心了。對了，還有明天把我喝剩下的酒也帶走，不要讓我再聞到它的味道，那種味道太誘人了。」

洛桑說：「好好，這些我都答應你。」

刻石老人說：「你真是個好孩子，要是我也有個你這樣一個兒子就好了。有一次，我記得你阿媽好像也說過，你也許就是我的兒子呢。要是你是我兒子，我就把這刻嘛呢石的手藝傳給你了。可是後來我仔細地觀察過你，你和你那個酒鬼父親太像了，所以你不可能是我兒子。」

洛桑生氣了，說：「你這老頭子，你在胡說八道什麼呢？」

刻石老人說：「對不起，對不起，我不該這樣想，不過這些話我是第一次說出口，我活著時從來沒跟人說過這些話。」

洛桑還是生氣地說：「我就算是你兒子，我也不會跟你學這個手藝的，我不喜歡這個，我只喜歡喝酒。」

刻石老人說：「好了好了，咱們不談這個了，談這個也沒意義了。其實今天晚上我還是試著刻了一會兒，但是可能沒刻好，喝了酒我的手就發抖。」

洛桑說：「你就別撒謊了，我怎麼連個敲嘛呢石的聲音都沒聽到呢？」

刻石老人說：「可能那個時候你睡著了，你明天去看看就知道了。」

早晨，洛桑把昨晚的夢講給桑姆聽。

桑姆仔細聽著，然後笑嘻嘻地說：「好，我給你準備酥油茶，你趕緊送去。」

去嘛呢堆的路上，洛桑又去了一趟鐵匠鋪，讓鐵匠多杰打了一把鋒利的鑿子。

鐵匠多杰問他：「你要鑿子幹什麼？」

洛桑說：「刻嘛呢石用。」

鐵匠多杰說：「刻石老人都死了，誰還給你刻嘛呢石？」

洛桑說：「有用。」

鐵匠多杰看著他。

他說：「多少錢？」

鐵匠多杰故意說了個比平時高的價，洛桑也沒說什麼，付了錢就走了。

在嘛呢堆旁邊，洛桑舉起茶壺對著空盪盪的空氣說：「看好了，這是你要的酥油茶。」

停頓一下，然後放在了地上。

又舉起鑿子對著空盪盪的空氣說：「看，鑿子也給你帶來了，剛從鐵匠鋪裡買的，鋒利無比，小心劃破手指頭。」

之後，他看了看四周，看見了放在嘛呢堆上的那瓶酒。

他走過去，拿起來，晃了晃，說：「喝了這麼點就醉成那樣了，真是沒有酒量！」

他打開瓶蓋說：「我倒要嘗嘗這死人喝剩的酒是個什麼味道？」

說完就咕咕地喝了幾大口。

半晌，他閉著眼睛不說話。隨後，他又突然睜開眼睛說：「啊，不錯，味道好極了！」

他又接連喝了幾大口。

突然，他記起什麼似的坐在地上拿起那塊嘛呢石看。嘛呢石上已經刻了六字真言的第四個字，但是刻得不好，洛桑就對著空盪盪的空氣大聲罵道：

「你這老傢伙，你是刻了一點，但是你看看你都刻成什麼了，一點也不好看！你要是繼續這樣刻，別說是我阿媽，我自己也不答應，你要記得我可是早就給你付過工錢了的！」

空氣中寂靜一片，沒有任何聲音。

洛桑繼續把那瓶酒給喝乾了，嘴裡連連說著「好酒好酒」，之後就醉了。

晚上他不知怎麼就到了家裡，剛剛躺下來，有人就使勁敲起了他家的門。

他嘟嘟囔囔地起來去開門，站在門口的是酒友丹增。

酒友丹增有點醉了，但很興奮地說：「我也聽到了有人敲嘛呢石的聲音。」

洛桑斜眼看他，看了一會兒之後才說：「你真的聽到了？」

酒友丹增說：「我真的聽到了，我可以發誓。我回家時在月光裡聽得真真切切！」

洛桑說：「你不用發誓，我相信你已經聽到了。」

酒友丹增看著他說：「說實話，開始的時候我也完全沒有相信你的話。」

洛桑看著他笑。

他也看著洛桑笑。

洛桑說：「你先回去吧，明早咱倆在嘛呢堆那邊見。」

第二天一大早，洛桑和酒友丹增就不約而同地到了嘛呢堆邊上。

洛桑拿起那塊嘛呢石看。看了一會兒之後，對著空盪盪的空氣說：「你這老傢伙，你看你不喝酒就好多了，都已經刻了五個字了，這字也刻得漂亮多了。」

酒友丹增看了一眼嘛呢石，驚嘆道：「真是鬼斧神工啊，一個凡人絕對刻不出這麼超凡脫俗的字，即使刻石老人在世也刻不出來。」

洛桑對他說：「沒想到你還懂點這個。」

酒友丹增說：「你不要小看人，我還上過學呢，你上過嗎？」

他倆正吵時，看見遠遠地來了很多人。

來的都是村裡人，每個人手裡都拿著什麼東西，走在最前面的是山羊鬍子。

待他們走近後，洛桑問山羊鬍子：「你們來幹什麼？」

山羊鬍子的語氣完全變了，變得客客氣氣的，他說：「酒鬼洛桑啊，噢，不，洛桑啊，你確實沒有撒謊，我們昨晚上確實也聽到了有人敲嘛呢石的聲音。仁波切說，只有佛緣很深的人才能第一個聽到這樣的聲音。看來你這人福報不淺啊。」

洛桑看著他們說：「誰讓你們不相信我說的話呢？」

眾人一起說：「相信了，相信了，這下完全相信了。」

洛桑又盯著他們手上的東西說：「你們手裡拿著的是什麼東西？」

山羊鬍子說：「就是一點吃的喝的供養，大家的一點心意，想供給刻石老人。」

洛桑說：「他一個孤老頭子哪能吃那麼多？」

山羊鬍子有點懇求似地說：「仁波切說，一個亡靈刻嘛呢石這是千載難逢的事，所以你讓我們也沾點光、積點德吧。」

還沒等洛桑開口，人們就已經湧向了嘛呢堆旁邊。

村裡人把帶來的吃的喝的都放到了嘛呢堆上，對著空氣中的什麼地方說上幾句話，讓刻石老人慢慢享用、保佑保佑我們之類的話。

人們圍坐在嘛呢堆的邊上，嘴裡念著六字真言，不願離去。

下午，洛桑和幾個酒友喝了一點酒，到了晚上他們都醉醺醺地回去了。在路上，幾個酒友都說聽到了有人敲嘛呢石的聲音。

洛桑回去就睡下了，剛剛睡著，刻石老人就到了他的夢裡。刻石老人氣憤地說：「你這個酒鬼，你讓村裡人帶來那麼多好吃的好喝的，我都撐得幹不了活兒了，你還想不想讓我刻完？」

洛桑也生氣地說：「那不是我的錯，是他們自願送來孝敬你的。」

刻石老人說：「我知道，他們也是好心，但是吃多了我就動不了了，也不想動，不想動就睡著了。」

洛桑挖苦道：「誰讓你吃那麼多了，死了還管不了自己的嘴巴！」

刻石老人說：「不要再奚落我了，我抓緊刻完這塊石頭就得上路了。」

洛桑笑了，說：「那你說吧，我該怎麼幫你？」

刻石老人說：「你就堵在路上，不要讓他們把吃的喝的放到嘛呢堆上就行了。明天晚上我刻完最後一個字就萬事大吉了。」

第二天，洛桑和酒友丹增就堵在通往嘛呢堆的路口上，勸那些人不要再送吃的喝的了，說這樣等於是在害刻石老人。

人們問為什麼，他說老頭子吃撐了，就刻不了嘛呢石了。

那些人就笑，說還有這種事，不相信。

洛桑問：「昨晚上你們當中有哪個聽到刻嘛呢石的聲音了？」

人們彼此看看，最後都搖起了頭。

洛桑說：「就是因為昨天你們送來那麼多吃的喝的，刻石老人吃撐了才沒能刻的。」

人們也就半信半疑，拿著東西回去了。回去時還特意囑託洛桑，一定要讓老人保佑保佑他們。

晚上，村裡的大人小孩又都聽到有人敲嘛呢石的聲音了，他們都靜靜地聽著，像是在聽一首無字的歌謠。

第二天，洛桑跑到嘛呢堆旁邊，從地上拿起那塊嘛呢石看。他看見上面的六字真言已經完全刻好了。

很多人也來到了那裡。那塊石頭就在人們手上傳來傳去的，都嘖嘖稱奇，讚嘆刻石老人的鬼斧神工。

活佛也來到了人群中，他拿起石頭凝視了很久，然後慢吞吞地說：「這是我見過最漂亮的六字真言了。」

洛桑走上前說：「現在我也放心了，我阿媽對我阿爸也有個交代了，刻石老人也可以放心地離開了。」

活佛說：「你阿媽你阿爸真是好福氣。」

聽到這話，洛桑就對著大伙兒笑，心滿意足的樣子。

活佛把洛桑叫到一邊，神祕地說：「我要跟你商量個事。」

洛桑從來沒見活佛對什麼人這樣客氣過，看見這樣子，覺得有點緊張，但還是很鎮靜地說：「仁波切，您儘管吩咐。」

活佛說：「我是想請刻石老人為寺院也刻一塊六字真言的嘛呢石，這個將來一定會成為咱們這個寺的鎮寺之寶的。」

洛桑說：「這個好啊，仁波切您說他肯定會非常願意的。」

活佛面有難色地說：「可是這老傢伙從不到我夢裡來，要是他到我夢裡，我早就向他交代清楚了。」

洛桑說：「您老是說要做法事超度他，他可能害怕了。」

活佛笑著說：「所以要請你幫忙嘛，他到你夢裡時，把我的想法傳達給他。」

洛桑想了想說：「好，那就晚上吧。」

晚上，刻石老人果然到了洛桑的夢裡。

刻石老人一開口就說：「活佛的話我都聽到了，可是我現在實在是沒有什麼力氣再刻一塊六字真言的嘛呢石了，我渾身都軟綿綿的，一點力氣也沒有。」

洛桑說：「可是這是活佛提出來的啊。」

刻石老人做無奈狀，看著自己結滿硬繭的手掌，有些地方還被劃破了。

這時，洛桑的母親從什麼地方出來了，她對刻石老人說：「感謝你，感謝你，我讓你煩心了。」

刻石老人瞪著她說：「只要從今往後不煩我就阿彌陀佛了！」

洛桑母親說：「不會了，不會了，放心吧。」

刻石老人瞪了她一眼說：「妳這老婆子，因為妳的事，妳看這下活佛也要我幫寺院刻一塊嘛呢石。我是真想給寺院刻一塊，可是現在我實在是沒有力氣了，我連自己的胳膊也抬不起來了。」

洛桑母親聽完對刻石老人說：「本來刻這塊嘛呢石我們又帶不走，就是為了積個德、了卻個心願什麼的。現在心願完成了，我想就以我、我那酒鬼男人，還有你的名義捐給寺院做鎮寺之寶吧，這樣功德也不是更大了嗎？」

第二天，洛桑就把那塊刻有六字真言的嘛呢石交給了活佛。

活佛很高興，高興得合不攏嘴。

他左看右看了好一陣之後說：「我們得好好超度超度這個老頭子了。」

第二天，活佛從附近寺院請來七個喇嘛，大張旗鼓地念了七天七夜的經。

之後，刻石老人再也沒有到洛桑的夢裡面。

有時候在月亮很大很圓很亮的夜晚，洛桑喝醉酒一個人回家時，偶爾還能聽到遠處有人敲嘛呢石的聲音，靜靜的像一首無字的人生歌謠。

塔洛

塔洛平常都紮著根小辮子，那根小辮子總是在他的後腦勺上晃來晃去的，很扎眼。時間長了，人們就給他起了個外號叫「小辮子」，甚至都忘了他原來叫什麼名字。

年初，鄉派出所的來村裡登記換身分證，召集村民開大會，所長叫了半天「塔洛」也沒人答應，就問村長：「你們村裡沒有一個叫『塔洛』的人嗎？」

村長想了想說：「我們村裡好像沒有這樣一個人。」

所長嚴肅地說：「你不能說好像，你必須要確認你們村裡有沒有這樣一個人。」

村長想了半天還是想不起有這樣一個人，就說：「如今我們村裡有幾百號人，我都記不大清了。」

所長看著他問：「那你是怎麼當這個村長的？」

村長有些生氣，說：「當村長也不是讓我去記住所有人的名字的，我的任務是帶領全村人脫貧致富。再說我們村裡的那些個婆娘們一個接一個生，也不怕罰款什麼的，光這兩天就生了五六個，你說我怎麼能記得住那麼多人的名字，好多都還沒取名字呢。」

所長笑著說：「你作為村長就應該記住你們村裡人的名字。」

村長瞪著眼說：「那你能記住在你們派出所登記的所有人的名字嗎？」

所長說：「這個不一樣，你是一村之長。」

村長說：「那你是一所之長。」

所長笑了，說：「既然你也不知道，那我就把這個名字給畫掉了，到時候到城裡不讓住旅館，可不要怪我啊。」

村長也笑了，揮手讓會計過來，問：「咱們村有個叫塔洛的人嗎？」

會計是個中年人，想了半天也沒想出來。

會計看見村長和所長在等著他回答，就叫來了一社的社長。

會計問社長：「你知道咱們村有個叫塔洛的人嗎？」

社長想了半天突然笑起來說：「有啊，怎麼沒有，就是小辮子啊！」

村長和會計都笑了，說：「是，是，就是小辮子，塔洛就是小辮子，小辮子就是塔洛，都是一個人，你看差點都給忘了。」

所長用疑惑的眼神看著他們。

村長趕緊解釋說：「『小辮子』是塔洛的外號，因為都叫慣了他的外號，把他的真名給忘了，你看這事情弄的。」

所長問：「那他人呢？」

村長說：「噢，是這樣的，他是個孤兒，也沒人管，好多年前就承包了村裡幾戶人家的羊，一個人到山上放羊去了。也不知是誰給起的這樣一個外號，從他十幾歲時我們就都這樣叫了。」

所長說：「辦身分證必須得本人來照相，你們得想辦法把他叫來啊。」

村長問：「今天照嗎？」

所長說：「今天照不了，必須到鄉上指定的地方照。」

村長說：「那我過兩天想辦法讓他下山去鄉上吧。」

大概過了十天，塔洛才到了鄉派出所。

所長看了看塔洛後腦勺上被一根紅線紮著的頭髮，問：「你就是小辮子吧？」

塔洛有點驚奇，看著所長的臉問：「你怎麼知道的？」

所長笑了笑說：「我們當警察的，肯定是比別人多知道一些的。」

塔洛有點欽佩地說：「難怪有些壞人被你們抓到了。」

所長呵呵地笑著說：「你的意思是有些壞人沒被我們抓到嗎？」

塔洛說：「沒抓到。前年我的三隻母羊和九隻羊羔被人偷了，你們就沒抓到。」

所長問：「你報案了嗎？」
塔洛說：「當然報了，我是託村長報的。」
所長說：「村長忙，可能是忘了。」
塔洛說：「也許吧。不過村長後來信誓旦旦地說他給你們報過案了。」
所長說：「丟幾隻羊這樣的事太多了。」
塔洛說：「不過，去年小偷偷了我的十二隻羊，過了一個月就被你們抓住了，你們還是很厲害的。」
所長呵呵地笑著說：「丟的羊多了我們就得管啊。」
塔洛一臉欽佩地說：「被小偷偷了一個月了還能找得到，你們真是了不起。」
所長還是呵呵地笑，看見塔洛一臉欽佩就裝作謙遜的樣子說：「應該的，為人民服務嘛。」
塔洛也笑了，說：「這句話我知道，是毛主席說的，小時候上學時學過。」
所長不由地打量起塔洛來，說：「你還上過學？」
塔洛一臉認真地說：「上過，怎麼沒上過，我上過小學，我的學習成績還不錯呢，我還背過〈為人民服務〉這篇課文呢。」

所長說：「是嗎？那你還記得嗎？」

塔洛說：「當然記得，只要是我背過的東西我就全記得，不會忘。」

所長說：「那你背背看。」

塔洛稍稍想了想，就滔滔不絕地背了起來：「為人民服務，一九四四年九月八日，毛澤東。我們的共產黨和共產黨所領導的八路軍、新四軍，是革命的隊伍。我們這個隊伍完全是為著解放人民的，是徹底地為人民的利益工作的。張思德同志就是我們這個隊伍中的一個同志。

「人總是要死的，但死的意義有不同。中國古時候有個文學家叫作司馬遷的說過：『人固有一死，或重於泰山，或輕於鴻毛。』為人民利益而死，就比泰山還重；替法西斯賣力，替剝削人民和壓迫人民的人去死，就比鴻毛還輕。張思德同志是為人民利益而死的，他的死是比泰山還要重的。

「因為我們是為人民服務的，所以，我們如果有缺點，就不怕別人批評指出。不管是什麼人，誰向我們指出都行。只要你說得對，我們就改正。你說的辦法對人民有好處，我們就照你的辦。『精兵簡政』這一條意見，就是黨外人士李鼎銘先生提出來的；他提得好，對人民有好處，我們就採用了。只要我們為人民的利益堅持好的，為人民的利益改正錯的，我們這個隊伍就一定會興旺起來。

「我們都是來自五湖四海，為了一個共同的革命目標，走到一起來了。我們還要和全國大多數人民走這一條路。我們今天已經領導著有九千一百萬人口的根據地，但是還不夠，還要更大些，才能取得全民族的解放。我們的同志在困難的時候，要看到成績，要看到光明，要提高我們的勇氣。中國人民正在受難，我們有責任解救他們，我們要努力奮鬥。要奮鬥就會有犧牲，死人的事是經常發生的。但是我們想到人民的利益，想到大多數人民的痛苦，我們為人民而死，就是死得其所。不過，我們應當盡量地減少那些不必要的犧牲。我們的幹部要關心每一個戰士，一切革命隊伍的人都要互相關心，互相愛護，互相幫助。

「今後我們的隊伍裡，不管死了誰，不管是炊事員，是戰士，只要他是做過一些有益的工作的，我們都要給他送葬，開追悼會。這要成為一個制度。這個方法也要介紹到老百姓那裡去。村上的人死了，開個追悼會。用這樣的方法，寄託我們的哀思，使整個人民團結起來。」

塔洛一口氣整個地背完這篇文章時，看見所長張大了嘴巴看著他的臉。

塔洛說：「怎麼樣，我背得沒錯吧。」

所長臉上的表情這才恢復了常態，說：「沒想到你是個天才啊！」

塔洛卻不以為然地說：「我就是記憶力比別人好一點。」

所長問：「你是什麼時候背的這篇課文？」

塔洛說：「十四歲，上小學的時候。那時候我們學的課文基本上都是毛主席語錄，我還會背很多毛主席語錄呢。」

所長說：「你真是厲害，你現在多大？」

塔洛說：「二十九歲。」

所長嘖嘖地讚嘆著說：「我有你這樣的記憶力，早就上大學了。」

塔洛說：「我上了小學就沒再繼續上。我的父母早死了，我的親戚不管我。他們說你的記憶力好，就承包村裡幾戶人家的羊放羊去吧，好好記住每一隻羊的顏色和樣子，不要弄丟了就有口飯吃了。我沒有辦法就去山上放羊了。剛開始時我有一百三十六隻羊，第二年增加了十六隻，第三年增加了四十七隻，第三年增加了十一隻，那年發生了一場雪災，死了很多羊羔。哎，反正每年都在增加，沒有減少過，現在增加到了三百七十五隻，其中有二百零九隻白羊，七十一隻黑羊，九十五隻花羊，一百三十四隻有角，二百四十一隻沒有角。」

這時候，所長又張大了嘴巴看著他，過了一會才說：「可惜了，可惜了，你真是太可惜了。」

塔洛又說：「我覺得我替別人放羊也是為人民服務，雖然他們每年也給我十幾隻羊，也給我一點錢。」

所長趕緊點頭說：「是是，那是，當然是了。」

塔洛說：「我喜歡毛主席說的『人固有一死，或重於泰山，或輕於鴻毛』這句話。」

所長的表情又恢復了正常，說：「你看你雖然背得很好，但還是沒有學好這篇課文吧！這句話不是毛主席說的，是司馬遷說的，司馬遷是個偉大的文學家。」

塔洛說：「是嗎？那毛主席和司馬遷是什麼關係？」

所長笑了，說：「沒有什麼關係，司馬遷是古代的人，毛主席是現在的人，他們沒什麼關係。」

塔洛有些不解地問：「那這句話呢？『為人民利益而死，就比泰山還重；替法西斯賣力，替剝削人民和壓迫人民的人去死，就比鴻毛還輕。張思德同志是為人民利益而死的，他的死是比泰山還要重的。』這句話是毛主席說的吧？」

所長說：「這是毛主席說的，沒錯。」

塔洛說：「那這兩句話怎麼這麼像呢？」

所長說：「說的都是一樣的意思。」

塔洛說：「那我為我們村裡的人放羊，如果死了也會像張思德一樣比泰山還要重嗎？」

所長說：「是是，你如果死了也肯定像張思德一樣重於泰山的，不過你離死還早著呢。但我可以看出你是一個好人，一個張思德一樣的好人。」

塔洛問：「你怎麼看出了我是一個張思德一樣的好人？」

所長說：「誰是好人誰是壞人，我們一眼就能看出來。我們當警察的，這點本事還是有的。」

塔洛問：「你真的給我說說你們是怎麼看出好人和壞人的？」

所長神祕地笑著說：「這可不能說，我們就是靠這個吃飯的。」

塔洛顯出一點失望的樣子，目光中又流露出了一些欽佩。

所長再次感嘆道：「你的記憶力真是很好啊！」

塔洛這才記起什麼似地說：「我是來照相的，村長讓我來的。」

所長斜眼瞪著他說：「你怎麼才來啊，人家照相的早走了。」

塔洛說：「村長昨天才派人來替我的，我今天就跑來了。」

所長說：「那你只能到縣上去照相了。」

塔洛說：「不照不行嗎？」

所長說：「不行，要辦身分證。」

塔洛問：「身分證是什麼？」

所長說：「有了身分證，你去了城裡，別人就知道你是誰了，就知道你是哪兒的人了。」

塔洛說：「我自己知道我是誰不就行了嗎？」

這時，所長記起了什麼似地問：「你叫什麼來著？」

塔洛說：「小辮子。」

所長說：「我是問你的真名。」

塔洛想了想才說：「塔洛。」

所長說：「塔洛，噢，是，你今天去縣城找德吉照相館，裡面有個女的也叫德吉，你就說派出所讓來照相的就知道了。」

塔洛笑了笑說：「我這真名好像不是自己的名字似的，自己聽著都有點彆扭啊。」

所長看了看腕上的電子錶說：「你就不要光顧著說話了，快去吧，還能趕上去縣上的班車。」

塔洛坐著班車到了縣上。

從班車上下來走到街上時，塔洛的心裡有點慌亂。他看著來來往往、東奔西走的人，不知道自己該往哪裡走。

他看到一個戴著紅領巾的小學生過來了就趕緊問：「小朋友，你知道德吉照相館在哪裡嗎？」

小學生看了看他的臉，又看了看他後腦勺上的小辮子，使勁搖著頭。

塔洛說：「小朋友，你不要害怕，我叫小辮子，我要去德吉照相館照相。」

小學生樂了，說：「你讓我看看你的小辮子我就帶你去。」

塔洛高興地蹲下來讓他看。

小學生饒有興致地一邊看一邊說：「我們老師說只有清朝的人才有辮子，你怎麼還留著辮子？」

塔洛瞪著小學生說：「你可不要把我當成是從清朝來的人啊。」

小學生說：「我得問問我們老師。」

塔洛站起來說：「你帶我去德吉照相館吧。」

小學生又吞吞吐吐起來，說：「我記不太清楚在哪兒了。」

塔洛急了，立即拿出十塊錢說：「你帶我去，這十塊錢歸你了。」

小學生一會兒就把他帶到了德吉照相館門口，拿著塔洛給的十塊錢，飛也似地鑽進了前面的一個小賣部。

塔洛開門進去時，看見一個女的正在給一個男的照相，旁邊還坐著幾個人。待那個男的臉上露出一絲虛情假意的笑時，「咔嚓」一聲響，那個男的就起身到一邊了，另外一個男的又坐在了那個男的剛才坐過的凳子上板直了腰。

塔洛進去了，那女的也不跟他打聲招呼，依然忙著。

塔洛就站在門口，說：「這裡是德吉照相館嗎？」

那女的回頭說：「是德吉照相館，有什麼事嗎？」

塔洛說：「我找德吉。」

那女的停下來疑惑地看著塔洛說：「我就是德吉。」

塔洛的臉上露出了一點笑，說：「我是來照相的，是派出所讓我來的。」

德吉說：「是來照大頭照的吧？」

塔洛說：「我也不知道，說是辦什麼證用的。」

德吉笑了，說：「咳，早說嘛，就是大頭照，辦身分證用的，還那麼神神叨叨的，我還以為有什麼其他的事呢。你就坐下等一會吧，他們都是來照大頭照的。」

那幾個人也看著塔洛笑。塔洛就在他們旁邊坐下了。

待那幾個人走了之後，德吉對塔洛揮了揮手說：「現在你來照吧。」

塔洛就過去坐在了那個白色背景下的凳子上。

德吉拿著一個照相機過來，突然發現了什麼似的看著塔洛頭上的小辮子說：「你怎麼留了小辮子？」

塔洛說：「從小就留了。」

德吉說：「這樣照大頭照可能不行吧？」

塔洛說：「為什麼不行？」

德吉說：「人家派出所的分不出你是男的還是女的啊。」

塔洛很認真地說：「我就是剛從派出所來的，人家所長也沒說什麼呢。」

德吉笑著說：「好了好了，給你照就是了。」

塔洛像剛才那幾個人那樣坐直了身子，準備堆出臉上的笑。

德吉拿著照相機比畫了幾下，走過來摸了摸塔洛蓬亂的頭髮，說：「我建議你先去洗個頭吧，你現在的頭髮太亂了，這樣照出來不好看。」

塔洛說：「亂就亂吧，照吧，我沒有那麼多講究。」

德吉認真地說：「這身分證辦下來可是要用一輩子的，那上面的自己的照片照得好看一點不好嗎？」

塔洛看著德吉的臉，沒有說話。

德吉指了指窗戶外馬路對面的一家理髮館說：「快去那裡洗個頭吧，是我一個好朋友開的。」

塔洛很無奈地站起來走出了照相館。

塔洛走進理髮館時，一個短髮的女孩起來招呼他。

塔洛有點新奇地看著女孩的臉說：「妳是對面照相館德吉的好朋友嗎？我是來洗頭的。」

短髮女孩仔細看了他一眼就讓他坐在了椅子上，然後走到他的後面從鏡子裡看著他問：「水洗五塊，乾洗十塊。水洗還是乾洗？」

塔洛看著鏡子裡女孩的臉也問：「乾洗是什麼意思？」

短髮女孩笑笑說：「就是不用水洗。」

塔洛又問：「不用水怎麼洗？」

短髮女孩說：「哎，反正很舒適的，你洗了就知道了。」

塔洛說：「那就乾洗吧。」

短髮女孩就往塔洛的頭頂擠洗髮膏，輕輕地揉搓著頭髮。

塔洛還是從前面的鏡子裡看著短髮女孩。

短髮女孩也從鏡子裡看著他問：「乾洗很舒適吧？」

塔洛說：「乾洗確實很舒適。」

短髮女孩又沒話找話地說：「你這頭髮沒洗都有一段時間了吧？」

塔洛說：「我是個放羊的，沒有那麼多水洗頭。」

短髮女孩故作驚奇地說：「噢，是嗎？那你有多少隻羊啊？」

塔洛不假思索地說：「我總共有三百七十五隻羊，其中一百三十三隻羯羊，一百六十八隻母羊，七十四隻半大的羊羔，這一百六十八隻母羊中今年能產羔的一百二十四隻，已經完全不能產羔的四十四隻。」

短髮女孩停下揉搓頭髮，有點驚奇地看著鏡子中塔洛的臉，說：「你的記憶力真好啊！」

塔洛不以為然地說：「記住每一隻羊的情況，才能放好自己的羊啊。」

短髮女孩又開始揉搓頭髮，看著鏡子裡的塔洛問：「那你這麼多羊值多少錢啊？」

塔洛說：「我今天來時賣了兩隻羯羊，給了六百塊，現在一隻母羊大概兩百塊，如果是待產的母羊可能會更高一些，兩百五吧，羊羔一隻一百多，這樣下來可能差不多是八九萬吧。」

短髮女孩張著嘴巴說：「這麼多啊？」

塔洛說：「不過三百七十五隻羊可不都是我的啊，我自己才有一百多隻。」

短髮女孩說：「也挺多的。」

說完就讓塔洛去沖頭，塔洛過去坐在一個水龍頭下面。

給塔洛沖洗頭髮時，塔洛問：「不是乾洗嗎？怎麼又用水洗了？」

短髮女孩笑了，說：「雖然是乾洗，但最後還是要把洗髮膏沖洗乾淨嘛。」

塔洛也就沒說什麼。

沖洗完了，短髮女孩又讓塔洛坐在鏡子前的凳子上，打開電吹風給他吹頭髮。

塔洛又從鏡子裡盯著短髮女孩的臉看。

短髮女孩一邊吹頭髮一邊笑著問塔洛：「你怎麼一直盯著我的臉看，我有那麼好看嗎？」

塔洛也不迴避自己的目光，說：「剛進來時，我還以為你是個男的呢，要不是看見妳戴著耳環。」

短髮女孩笑了起來，說：「現在城裡都流行短髮呢，這是流行趨勢。」

塔洛說：「可妳是個藏族女孩啊，藏族女孩怎麼能把頭髮剪得那麼短呢。」

短髮女孩還是笑著說：「我剪短頭髮就是為了等你這麼個長髮小伙子來會我啊。」

這下，塔洛不知道該怎麼說了，把目光從短髮女孩的臉上移開，看著別處。

短髮女孩吹乾了塔洛的頭髮，就把手搭在塔洛的肩膀上，端詳著鏡子中塔洛的臉懶洋洋地說：「這樣一收拾，你長得還很英俊的嘛。」

塔洛有點不好意思，趕緊從兜裡掏出五十塊錢遞給短髮女孩說：「給你錢。」

短髮女孩接過錢說：「你沒有零錢嗎？我找不開。」

塔洛說：「找不開就算了，給你吧。」

短髮女孩還沒來得及說什麼，塔洛已經跑出了理髮館。

塔洛到照相館門口時，看到裡面又來了幾個人，就站在外面抽起了煙。

塔洛一邊抽煙一邊把目光移向對面的理髮館，他看見短髮女孩也正從玻璃窗戶裡往這邊看。他就一邊抽煙一邊看理髮館窗戶後面的短髮女孩。短髮女孩看著這邊笑了一下。

這時，從街道上來了幾個大學生模樣的年輕人，其中一個上前跟他搭訕道：「我們是內地來的大學生，到這邊旅遊，我們看著你很特別，你是個藝術家嗎？」

塔洛一邊抽煙一邊用怪異的目光看著他們，一副不知道他們在說什麼的樣子，臉上顯出似乎很嚴肅的表情。

另一個說：「你們看看他的眼神，那麼深沉，肯定是一個深刻的藝術家。」

塔洛也不理他們，等抽完煙把煙屁股扔到地上使勁踩了一下之後才說：「其實我是個放羊的。」

又一個說：「你們聽聽，他說話多深刻啊，他肯定是個藝術家。」

這時，從照相館裡面出來了幾個人，他也就進去了。

德吉一見他就說：「你看收拾了一下頭髮就不一樣了，你還滿英俊的嘛。」

塔洛聽見在誇他就有點不自在了，直接走過去坐在了白布前的凳子上。

德吉手裡擺弄著個照相機走過來說：「你要快照還是慢照？」

塔洛不解地問：「什麼快照慢照？」

德吉說：「快照就是今天能取照片，慢照明天取照片。」

塔洛說：「那我要快照。」

德吉說：「快照二十塊，慢照十塊。」

塔洛說：「可以，我要快照。」

德吉就對著他摁下了快門。

德吉走到一個辦公桌後面，對還坐在凳子上的塔洛說：「來，交錢。」

塔洛就過去交錢。塔洛又拿出一張五十的給了德吉，說：「能找開嗎？」

德吉看了一眼遞過來的錢，說了一聲「能找」就開始在抽屜裡翻零錢。她一邊翻一邊問塔洛：「剛才我看見外面幾個小青年在跟你說話，他們跟你說什麼呀？」

塔洛說：「他們問我是不是個藝術家。」

德吉仔細地看了他一眼，笑著說：「是嗎？」

塔洛說：「是啊，他們就是那樣問我的。」

德吉笑著說：「那你說什麼了？」

塔洛說：「我說是個放羊的。」

德吉乾脆笑出了聲。

塔洛說：「什麼是藝術家？」

德吉笑著說：「藝術家就是像你一樣紮著小辮子、留著長頭髮的人。」

塔洛有些不解地看著德吉的臉。這時，德吉也湊夠了要找的錢，就將一把零錢給了塔洛，說：「過半小時來取照片吧。」

塔洛又站在照相館外面的馬路邊上抽煙。短髮女孩從理髮館裡出來到他旁邊說：「在抽煙呢。」

塔洛說：「嗯，在抽煙。」

短髮女孩說：「剛才我從理髮館的窗戶裡看你，你真的很英俊欸。」

塔洛又變得不知所措起來，抽完了一根接著又抽第二根。

短髮女孩說：「晚上我們去酒吧玩吧。」

塔洛說：「我沒去過酒吧。」

短髮女孩說：「很好玩的，你這麼英俊，肯定有很多女孩子喜歡的。」

塔洛又變得不知所措起來。

等終於過去三十分鐘之後，塔洛去取了照片。他取出照片，看著上面自己大頭的頭像，脫口而出說：「怎麼照得這麼難看啊！」

晚上在一個非常吵鬧的酒吧裡，塔洛喝了很多啤酒，早晨醒來時，發現那個短髮女孩躺在自己身邊。

塔洛有點緊張地坐起來。這時，短髮女孩也醒來了，看著他笑。

塔洛不敢看短髮女孩的臉，短髮女孩卻說：「你喜歡我嗎？」

塔洛心裡一陣緊張，坐著一動也不動。

短髮女孩說：「昨晚你說你喜歡我了。」

短髮女孩摸著塔洛的小辮子說：「我喜歡你的小辮子。」

塔洛還是很緊張的樣子。

短髮女孩把頭靠在塔洛的肩膀上，說：「你帶我去什麼地方吧，我不想待在這裡了。」

塔洛這才像是找到了什麼說話的機會似地說：「我什麼地方也沒去過。」

短髮女孩說：「那我帶你去，咱們可以去拉薩、北京、上海、廣州、香港，什麼地方都可以去。」

塔洛說：「我從來沒想過要去那些地方。」

短髮女孩說：「要是讓你選，你想去哪裡？」

塔洛說：「我當然想去拉薩了。」

短髮女孩說：「那我們就去拉薩吧。」

塔洛說：「聽說去那裡要很多錢，我沒有那麼多錢。」

短髮女孩說：「你把你的羊賣了不就有錢了嗎？」

塔洛說：「那些羊不全是我的，也有其他人家的。」

中午時分，塔洛到了鄉派出所，所長看著他說：「去了一趟縣城，你變得很英俊了嘛。」

塔洛說：「這次我可能遇見了一個壞人。」

所長警惕地說：「遇見壞人可要及時向我們匯報啊。」

塔洛又說：「現在還不能確定是不是壞人。」

所長笑著說：「你這個小辮子，你要舉報壞人一定要有證據，要不然你就要負法律責任。」

看塔洛的表情，像是喉嚨裡被什麼東西卡住了，沒說什麼話。

所長說：「你照的照片呢？」

塔洛趕緊拿出照片給了所長，還說：「照得很難看。」

所長說：「大頭照嘛，就得這樣照。」

塔洛沒再說什麼。

所長把照片收起來，登記了之後說：「可以了，一個月以後來取吧。」

塔洛準備起身要走，所長又叫住他說：「問你一個很私人的問題，你怎麼就想起留這樣一根小辮子了？」

塔洛又坐直了說：「這個……」

所長饒有興致地說：「這個什麼？」

塔洛說：「其實也沒有什麼原因。」

所長有些失望地說：「不說就算了，這是你的權利。」

塔洛看著所長的樣子，說：「其實也沒什麼，就是因為看了一場電影。」

所長又來了興致，說：「這怎麼說？」

塔洛說：「我小學畢業去山上放羊之前，拿著別人給的錢，去縣城逛了一趟。」

所長說：「之後呢？」

塔洛說：「之後我就看了一場電影。」

所長說：「這和你留這麼一根小辮子有什麼關係。」

塔洛說：「就是因為看了這個電影，我才留起了辮子。」

所長說：「這又是怎麼回事？」

塔洛說：「電影裡有一個留著小辮子的男人，很多女人都喜歡他。」

所長大聲地笑了起來，說：「那你留了小辮子後也有很多女人喜歡你嗎？」

塔洛說：「我們村裡的女人都不喜歡我，她們說我是個窮光蛋。」

所長停下笑，問：「你看的那是個什麼電影？」

塔洛說：「我也不知道，當時聽說是個外國電影就進去了。後來我把這部電影的故事講給很多人聽，問他們有沒有看過這樣一部電影，他們都說沒看過。」

所長有點遺憾地說：「我一定要看看這部電影。」

一個月以後的一個黃昏，塔洛到了縣城，背著一個包徑直走進了那家理髮館。

短髮女孩正在給一個男人理髮，塔洛就坐在了旁邊的凳子上，從牆上的鏡子裡看短髮女孩。短髮女孩只是在鏡子裡笑了一下，也不跟塔洛打招呼。

待那個男人走後，短髮女孩從鏡子裡看著他說：「你的頭髮又髒了，又該洗洗了。」

塔洛走過來坐在剛才那個男人坐過的椅子上，繼續從鏡子裡看著短髮女孩。

這時，短髮女孩才說：「你怎麼了？你的臉色怎麼這麼蒼白啊？」

塔洛把那個包放在旁邊的理髮工具箱上說：「這是九萬塊錢。」

短髮女孩把兩隻手搭在塔洛的肩膀上，看著鏡子裡塔洛蒼白的臉說：「放鬆，放鬆，放鬆下來就會好的。」

塔洛不說話，臉色依然蒼白。

短髮女孩說：「我給你洗洗頭吧。」

說完就把洗髮膏擠到了塔洛的頭上，慢慢地揉搓著。

揉著揉著塔洛就放鬆下來了，慢慢地閉上了眼睛，臉色也恢復了正常。

塔洛醒來時，短髮女孩坐在旁邊看著他。

短髮女孩說：「你太緊張了，剛才睡著了。」

塔洛左右看了看，那表情和眼神像是在夢裡。

短髮女孩說：「我已經把你的小辮子給紮好了。」

塔洛的表情和眼神依然像是在夢裡。

短髮女孩遞給塔洛一瓶礦泉水說：「你喝點水吧。」

塔洛就打開蓋子喝了幾口。

短髮女孩盯著塔洛的眼睛說：「為了咱們倆，現在你要做一件事情。」

塔洛盯著短髮女孩的臉，又喝了一口礦泉水。

短髮女孩說：「你願意嗎？」

塔洛又喝了一大口，咕咕地嚥了下去，喉結在上下滾動著。

短髮女孩說：「你這小辮子太招人眼目了，你得把它剪掉。」

塔洛不再喝水了，從鏡子裡看著自己的臉。

短髮女孩看著鏡子裡塔洛的臉說：「你同意了嗎？」

塔洛還是盯著自己的臉看。

短髮女孩說：「你喜歡長髮我以後就留長髮，梳兩條小辮子，專門給你一個人看。」

塔洛又看了看鏡子裡短髮女孩的臉。

短髮女孩說：「那我就剪了啊，給你理個光頭，這樣誰也認不出你了。」

塔洛閉上了眼睛，短髮女孩拿起電推子，幾下就把塔洛弄成了個大光頭。那根小辮子掉在了塔洛的腳旁邊，上面還拴著一根紅線。塔洛看了看，彎下腰把那根小辮子撿起來裝進了口袋裡。

晚上，短髮女孩又帶著塔洛去了之前的那個酒吧，塔洛和短髮女孩喝了很多啤酒，盡情地狂歡，很晚才去了短髮女孩的住處。

早晨醒來時，塔洛發現短髮女孩不見了，再四處看時，他帶來的那個包也不見了。

塔洛在這個小縣城裡找了兩天兩夜，也沒有找到短髮女孩的一絲蹤影。

兩天後，塔洛去了鄉派出所。所長正和幾個幹警在忙著什麼。

塔洛說：「所長，我來了。」

所長看了半天塔洛的臉，才突然說：「咳，小辮子啊，你怎麼變成這樣了？你的小辮子呢？」

塔洛說：「剪掉了。」

所長說：「太可惜了。」

塔洛說：「所長，你現在看我像不像一個壞人？」

所長說：「你什麼意思啊？」

塔洛說：「你不是一眼就能看出誰是好人，誰是壞人嗎？」

所長笑著說：「要說以前留小辮子時，你還有那麼一點像壞人的樣子，但現在這個樣子就一點也不像壞人了，倒真正像一個好人。」

塔洛說：「恐怕現在我死了就輕於鴻毛了。」

所長還是笑著說：「你現在是不是又想背毛主席語錄了，我已經領教過你的記憶力了，你就不用再背了。」

塔洛說：「可惜啊可惜，我再也不能像好人張思德一樣為人民利益而死，死後重於泰山了，只能像那些個替法西斯賣力，替剝削人民和壓迫人民的壞人死了一樣，死後比鴻毛還輕了。」

所長笑了，說：「這次你把毛主席語錄運用得還不錯。」

塔洛只是說：「可惜啊可惜。」

所長笑著對正在幹活的幾個幹警說：「哎，你們信不信這傢伙能背很多毛主席語錄。」

幾個幹警停下手裡的活，看著塔洛露出懷疑的表情，似乎在說：「他？」

所長說：「看來得讓你們開開眼界了。」

說完，又轉向塔洛說：「你就背背〈為人民服務〉吧，讓他們開開眼。」

塔洛看著那幾個幹警的表情，沒說什麼就自顧自地背了起來：「為人民服務，一九四四年九月八日，毛澤東。我們的共產黨和共產黨所領導的八路軍、新四軍，是革命的隊伍。我們這個隊伍完全是為著解放人民的，是徹底地為人民的利益工作的。張思德同志就是我們這個隊伍中的一個同志。

「人總是要死的，但死的意義有不同。中國古時候有個文學家叫作司馬遷的說過：『人固有一死，或重於泰山，或輕於鴻毛。』為人民利益而死，就比泰山還重；替法西斯賣力，替剝削人民和壓迫人民的人去死，就比鴻毛還輕。張思德同志是為人民利益而死的，他的死是比泰山還要重的……」

那幾個幹警都張大了嘴巴看著塔洛出神。

所長做了個手勢讓塔洛停下來，然後看著幾個目瞪口呆的幹警說：「怎麼樣，傻了吧！他還會背很多毛主席語錄呢。」

幹警們還是呆呆地看著塔洛出神。

所長說：「好了，幹活了，咱們得抓緊時間了。」

塔洛說：「所長，我現在變成一個壞人了。」

所長看了看塔洛說：「不是說理了個光頭人就變成壞人了。」

然後又對旁邊的一個幹警說：「你在那些新辦的身分證裡找找，把他的身分證找出來給他。」

幹警說：「他叫什麼名字？」

所長說：「小辮子。」

幹警說：「啊？」

所長說：「噢，不是，那是他的外號。」

又轉向塔洛問：「你的真名叫什麼來著？」

塔洛說：「塔洛。」

所長說：「對，我記起來了，就是塔洛。」

幹警就在一邊的一個檔案櫃裡翻找著。

過了一會兒，幹警拿著一個身分證過來說：「所長，這是他嗎？跟他本人太不像了。」

所長拿那個身分證仔細地看，看了半天之後又看看塔洛問：「你以後不留小辮子了嗎？」

塔洛說：「不留了。」

所長說：「那你得到縣城重新照一張相，這上面的你和現在的你太不一樣了，到時候別人看不出這上面的人和你是同一個人。」

塔洛還想說什麼，所長卻說：「趕緊去照吧，照完趕緊送來，今天我們很忙。」

午後

少年昂本一覺醒來，推開窗戶，看著外面說：「今晚的月光真好啊！」

少年昂本記得今晚有他和卓瑪的約會，就趕緊起來了。他想這時候卓瑪肯定在等著他，要告訴他一個好消息。

他走出大門正要鎖門時，突然又想起什麼似地開門進去了。

他進門帶上了家裡長長的梯子。

這是他的經驗。有時候深更半夜去跟卓瑪約會時，她會睡著醒不來，這樣他就要白白地等上一整晚。他和卓瑪約會的方法一般是半夜時分到她家的房背後，往卓瑪住著的那個房頂上扔幾塊石頭，卓瑪聽到之後就會悄悄地出來為他開門。不過這個方法也有不保險的時候，有時候卓瑪會呼呼地睡著，這樣他就是扔上一個晚上的石頭也無濟於事。有時候還會招來她家那條大黑狗，對著他叫個不停，害得卓瑪的阿爸從睡夢中醒來，以為家裡進了什麼賊，拿著手電筒照來照去的，讓他嚇個半死。所以，後來他就想到了這個辦法，直接背著梯子去跟卓瑪約會，這樣即使卓瑪睡得再死，他也能順著卓瑪家後面的院牆進入卓瑪的住處了。

少年昂本背著梯子走在一條田間的小路上。

他抬頭看了一眼天空說：「今晚的月亮真是很亮啊，刺得我都睜不開眼睛。」

田間涼爽的風吹在他的臉上，他覺得很舒服，就又說：「不過今晚的風很好。」

少年昂本走出田間小路，走上了寬闊的土路。

一條蛇在土路上穿行，吐出信子發出嘶嘶的聲響。

少年昂本猛地停住了腳步。他向來是怕蛇的，一看見那東西心裡就發怵。

那條蛇也停下來看他。看了他一會兒就走了。

少年昂本盯著蛇消失的地方看了很長時間，他擔心那條蛇又會從那個地方突然冒出來。但是那條蛇再也沒有出現。

少年昂本扛著梯子在土路上飛奔起來，他的身後捲起一陣陣塵土。

少年昂本的腳步輕鬆自如，肩上似乎沒有任何東西。

少年昂本遠遠看見鄰村的賈巴從路的那頭走來，就放慢了腳步。

賈巴在這個村裡也有一個相好。有時候在半夜時分，他倆還能在田間地頭碰見。有一次，他還把梯子借賈巴用過。因此，賈巴平常對他很好，他對賈巴也存有好感。有一陣子，村裡很多小伙子因為他跟卓瑪好上了，經常拿一些藉口找他的碴。為此，他很鬱悶。賈巴說你應該想得開，卓瑪這麼好看的姑娘都跟你好上了，你還有什麼好鬱悶的，要是我高興還來不及呢。他覺得賈巴說得有道理，那些小伙子是因為嫉妒才這樣的。

賈巴走到他跟前和他打招呼問他去哪裡。

少年昂本答非所問地說：「剛才有條蛇從月光下的土路上穿了過去。」

賈巴看了看天空，問：「我是問你要去哪裡？」

少年昂本想了想說：「那條蛇還停下來看著我。牠走後我就跑起來了。我怕蛇。」

賈巴又往少年昂本的身後看。

少年昂本平靜地說：「那條蛇早走了。」

賈巴看著少年昂本的眼睛問：「我是說這時候你要去哪裡？」

少年昂本覺得有點奇怪，平常這個時候跟賈巴相遇時，賈巴臉上的表情總是很神祕的，但是今晚的表情跟平常別人和他打招呼時的表情沒什麼兩樣。

雖然覺得奇怪，少年昂本還是很神祕地說：「當然是去跟我的卓瑪約會了。」

賈巴用怪異的眼光看著他問：「什麼？你剛才說什麼？」

少年昂本以為他沒聽清就又說了一遍：「當然是去跟我的卓瑪約會了。」

賈巴這次像是聽清他說什麼了，哈哈哈地大笑起來。然後看著他肩上的梯子問：

「那麼你背著個梯子是幹什麼用的？」

少年昂本看了看左右，用很神祕的口氣說：「搭著這個梯子才能進入卓瑪的住處。你會你的相好時，不是也用過這個梯子嗎？」

賈巴又一次哈哈地大笑起來。

少年昂本看著他笑覺得很奇怪，就問：「你笑什麼？」

賈巴依然笑著沒有說話。

少年昂本也笑著對賈巴說：「要不要把梯子借給你，我可以晚一點去。」

少年昂本的語氣很神祕。

賈巴哈哈地大笑了幾聲之後，突然說：「傻瓜。」

聽到這話，少年昂本不高興了。他放下梯子，板著臉對著賈巴說：「我好心好意，你居然說我是傻瓜。」

賈巴也板起臉說：「你就是個傻瓜！」

少年昂本真的生氣了，推了一把賈巴說：「有本事你再說一遍。」

賈巴似乎也有了一些火氣，大聲說：「你就是個傻瓜，大傻瓜！」

賈巴剛剛說完，少年昂本就對著賈巴的腦門重重地擊了一拳。

賈巴被擊倒了，倒在旁邊的水溝裡不起來。

少年昂本看著倒下的賈巴說：「有本事你再說一遍。」

賈巴躺在水溝裡沒有動彈，也沒有再對少年昂本說「你是一個傻瓜」。

見賈巴沒再罵他，少年昂本就從地上背起了梯子。

少年昂本看了一眼還在水溝裡躺著不動的賈巴說：「只要你不罵我是傻瓜，我還是可以把梯子借給你。」

說完，少年昂本就背著梯子走了。

走了有十五二十步遠時，少年昂本聽見後面有一些響動。

回頭看時，賈巴正從路邊的水溝裡搖搖晃晃地站起來了。

看到賈巴的樣子，少年昂本的臉上露出了笑。

這時，傳來了賈巴的聲音：「你是個傻瓜！」

少年昂本收住臉上的笑容，準備往回走，再給他一拳，但轉念一想，這會兒卓瑪肯定在等著自己，就又笑了，對著賈巴大聲說：「這會兒卓瑪在等著我，明天天亮了，我再找你算帳。」

說完，就背著梯子走了。他的身後，不斷傳來賈巴嗚哩哇啦的叫罵聲。

少年昂本經過寡婦周措家的麥場時，寡婦周措正背著她的小孩跟著兩頭毛驢拉著的碌碡碾青稞。

少年昂本想這個寡婦真是勤快啊，白天幹不完的活藉著這大好的月色來幹。

寡婦背後的小孩大聲地哭了起來，這時她也看見了麥場外的少年昂本，就大聲說：「我的孩子需要吃奶了，你也過來一起喝個茶吧。」

出門前，也沒來得及喝一口茶，這會兒少年昂本確實也覺得有點渴了，就把梯子放在麥場邊上，走了過去。

他看見寡婦周措家的黑貓嘴裡叼著一隻又肥又大的黑老鼠，從牆根的水洞裡鑽了出來。看見他又退回半個身子嗚嗚地叫著，生怕搶了牠嘴裡的黑老鼠似的。那隻黑老鼠還沒有死，在黑貓的嘴裡拚命地掙扎著，還眨巴著小眼睛發出幾聲吱吱的叫聲，像是在請求少年昂本過來救牠一命。

少年昂本對老鼠一向沒有絲毫的同情心，因為他家裡的老鼠把他家一幅祖傳的唐卡給咬得千瘡百孔了，之後又把他父親小時候教過他的那卷經文也咬成了碎片。為此，他買過鼠藥，也養過貓，但都沒能解決掉那隻瘋狂的老鼠。

黑貓嘴裡叼著肥大的黑老鼠進退兩難地看著少年昂本，好像在猜測他接下來會做什麼。

少年昂本大聲地讚美起了黑貓：「真是貓裡面最好的貓啊！黑色的貓在黑色的夜裡捉住了這麼肥大的一隻黑老鼠，肯定有非常不一般的本領……」

黑貓沒等他說完就叼著肥大的黑老鼠從水洞裡倒退著跑掉了。

少年昂本張著嘴很遺憾地看了一會兒那個水洞，沒再繼續讚美下去，向寡婦周措走去。

寡婦周措一邊給孩子餵奶，一邊給少年昂本倒茶。

寡婦周措雖然是個寡婦，但是她的年齡很小，今年才二十歲。她十七歲結婚，十八歲丈夫死了，十九歲生了這個孩子。她長得也很漂亮，村裡有很多小伙子喜歡她。但是她卻喜歡上了少年昂本。

她一邊給孩子餵奶，一邊看少年昂本喝茶。

她看著少年昂本喝完一碗茶，又給他添滿後說：「白卓瑪真是個幸福的姑娘啊。」

白卓瑪是卓瑪的外號，因為她長得很白，村裡的小伙子和小姑娘們就叫她白卓瑪。

少年昂本本來想說妳也挺幸福的，但一想這樣也不對，就只是看了一眼她，沒說什麼。

寡婦周措深情地看著他說：「你做我的丈夫吧。」

少年昂本之前也聽寡婦周措這樣說過，每當這時候，他就會裝作什麼也沒聽見的樣子。

寡婦周措繼續深情地望著他說：「只要你答應做我的丈夫，家裡的活你不用動一根手指頭，你想吃什麼我就給你做什麼。你喜歡吃肉，家裡那幾隻羊你也可以全吃了，你只要每天跟我在一起就可以。」

少年昂本聽著她的話，臉上露出了笑。

寡婦周措見狀繼續說：「你不費絲毫的力氣就有一個現成的兒子，而且不瘸也不瞎，你說天下還有比這更好的事嗎？我會讓你成為全村莊最幸福的男人。」

少年昂本卻說：「我受用不起妳那麼多的承諾，我沒有那麼好的命。我倒是有個事情要請妳幫忙，不知道行不行？」

寡婦周措用火辣辣的目光看著他說：「我的就是你的。你如果想要，我現在就把我自己給你。」

少年昂本有點緊張了，結結巴巴地說：「能不能把妳家的黑貓借我用幾天？」

寡婦周措乾脆放下小孩把身子湊過來說：「我把我借給你用一輩子吧。」

這時，小孩大聲地哭了起來。

少年昂本推了她一把趕緊說：「妳兒子哭了，趕緊給他餵奶吧。」

趁著寡婦周措給孩子餵奶，他起身背起梯子跑掉了。

寡婦周措還在後面喊著說：「黑貓送給你了，牠沒完沒了地捉老鼠，我還噁心牠呢。」

去卓瑪家是必須要經過東巴大叔家的。

快到東巴大叔家時，一輛手扶拖拉機從他旁邊搖搖晃晃地經過，差點還碰到了他的梯子。他趕緊躲到路邊給手扶拖拉機讓路。手扶拖拉機發出的突突的聲音讓他心煩。車廂裡幾個小伙子小姑娘跟他打招呼。他生怕他們知道他是去跟卓瑪約會，就趕緊低下頭，裝作沒看見他們的樣子。

手扶拖拉機的聲音越來越遠了，他也到了東巴大叔家門口。

東巴大叔正坐在自家牆根的一條破氈上，數著佛珠念誦六字真言，看見少年昂本背著梯子從他面前經過，就大聲說：「你真是個未來的好女婿啊，這個時候還去給人家幫忙。」

少年昂本覺得奇怪，心想這深更半夜的，他一個老頭子在這裡幹嘛呢，但馬上又想通了，他想今天肯定是個好日子，卓瑪把告訴他好消息的時間訂在今晚肯定有道理，就笑笑說：「您老人家在念經哪？」

東巴大叔一本正經地說：「人老了就要為以後積點資糧了，要不然死神突然降臨怎麼上路啊，現在能念多少就是多少啊。」

少年昂本想這老頭子真會挑時間念經，在這樣迷人的月色下念經，積得的資糧肯定會比平常多。

東巴大叔見少年昂本還背著梯子站著，就說：「你放下梯子坐下來跟我聊會兒天吧。」

少年昂本放下梯子坐在了東巴大叔的旁邊。

東巴大叔看著他說：「要是將來我也有你這樣一個能幹的女婿就好了。」

少年昂本沒有說話。

東巴大叔繼續說：「你當我家的女婿有什麼不好呢，我就這麼一個孩子，再說我也是快要入土的人了，將來你就是這個家的主人了，想幹什麼就是什麼，想說什麼就是什麼，不用看任何人的臉色，作為一個男人，這樣的生活不是很好嗎？」

這樣的話讓少年昂本喘不過氣來，之前東巴大叔也很多次向他說過這樣的話。

東巴大叔的女兒也叫卓瑪，和少年昂本現在心裡想著的女孩一個名字。東巴大叔的女兒長得很黑，所以村裡的小伙子和小姑娘們就給她起了一個外號叫黑卓瑪，正好跟白卓瑪相反。黑卓瑪今年二十五歲，她的父親東巴大叔不想把她嫁出去，和她好過的小伙子又不願上她家當女婿，所以還一個人在家裡待著。

見少年昂本還是不說話，東巴大叔又說：「你跟白卓瑪好有什麼好呢，她有一個哥哥一個弟弟，到時候你肯定是什麼也撈不到，還要經常幫他們家幹那麼多的活兒，幹了也等於是給別人幹，你一個無牽無掛的孤兒何苦呢，你到我們家，我會把家裡所有的權利都交給你。」

少年昂本終於站起來說：「我不當他們家的女婿，我要把卓瑪娶到家裡。」

東巴大叔冷笑著說：「哼哼，他們會把白卓瑪嫁給你嗎？再說你一個窮光蛋拿什麼迎娶白卓瑪？」

少年昂本笑著說：「卓瑪的哥哥從城裡來，就是為了商量把她嫁給我的事，她說這個時候知道他們商量的結果，所以我急著趕過去，想知道他們商量的結果，只要他們同意把卓瑪嫁給我，我就有辦法把她很體面地娶到家裡。」

這時，東巴大叔家那隻大黃狗晃悠悠地過來了。

平常，他背著梯子去跟卓瑪約會時，這隻老黃狗總是藏在東巴大叔家附近的什麼地方襲擊他，使得他對這隻老黃狗又恨又怕。

眼看著老黃狗離自己越來越近了，他準備起來跑掉。

東巴大叔笑著說：「牠不會咬你的，牠已經把你當成自己人了。」

少年昂本看著老黃狗沒有平日很凶的樣子，就坐著不動。

老黃狗很認真地舔起了少年昂本的牛皮鞋。

東巴大叔詭異地笑著說：「昨天我跟牠聊過你的事了。」

少年昂本看了一眼老黃狗就背起梯子跑了。

東巴大叔呵呵地笑了，看著少年昂本的背影說：「真是一個理想的女婿啊。」

快到卓瑪家時，她家那條大黑狗遠遠地跑來了。

以前他是特別討厭這隻大黑狗的，因為每次深夜他去跟卓瑪約會時，牠總是跟在後面叫個不停。有一次大黑狗的叫聲還引來了卓瑪的父親。他手裡拿著兩塊大石頭，衝著大黑狗叫的方向看，嚇得他顧不上跟卓瑪見面，撒腿跑掉了。後來，在白天時，他經常給大黑狗一些好吃的，大黑狗就成了他的好朋友。

大黑狗跑到他面前搖起了尾巴。他掏遍所有的口袋，裡面沒有任何可以給大黑狗的東西。

看到他的樣子，大黑狗雖然有些失望，但還是帶路似的走在了前面。

他遠遠看見卓瑪家的大門敞開著，就覺得有點奇怪。門前還有雞啊、豬啊、羊啊什麼的竄來竄去。平常這個時候，卓瑪家的大門是緊緊關著的，今晚不知為什麼會這樣。

大黑狗已經進了大門，他猶豫了一下，也背著梯子進去了。

進了第二道院門，少年昂本聽見裡面有很多人在說話，就抬頭看。

他從伙房的窗戶裡看見卓瑪的父親、母親、弟弟，還有從城裡來的哥哥在商量著什麼。

看到這些，少年昂本羞得一下脹紅了臉。跟情人約會時被家裡人看見是最令人尷尬的事，況且今天卓瑪的親人都在這裡。

他想趁他們沒看見趕緊溜走。

大黑狗對著窗戶叫了一聲，卓瑪的父親就看見了他，站起來說：「這個時候還過來幫忙，真是謝謝你啊。」

少年昂本只好很尷尬地站在那兒了。

卓瑪的父親看見少年昂本還背著個梯子，就問：「還背著個梯子幹嘛？家裡不是有梯子嗎？」

少年昂本磨蹭了一會兒後說：「我是想著現在秋收時節，也許能用得上吧。」

卓瑪的父親說：「好孩子，想得真周到，我們的卓瑪算是沒看錯人哪。」

這時，卓瑪的哥哥從伙房裡出來了。他從上衣口袋裡取出一包紅塔山香煙，遞給少年昂本說：「給，抽抽這個，這是我從城裡帶來的，是城裡最好的煙。」

少年昂本表示不要，但最後還是收下了。

卓瑪的哥哥點上一支煙說：「聽說你給我們家幫了不少忙，真是謝謝你啊。」

少年昂本顯得不知所措，嘴裡不知該說什麼。

卓瑪看見少年昂本的樣子就一下子脹紅了臉，趕緊跑出來了。

哥哥見妹妹出來就走開了。

卓瑪來到少年昂本面前，脹紅著臉說：「你怎麼這個時候跑來了？還背著個梯子！」

少年昂本有點委屈地說：「我們不是約好這個時候見面嗎？」

卓瑪又氣又急，瞪著他說：「傻瓜，現在才是午後，太陽還在頭頂呢，家裡人正在商量咱倆的事。」

少年昂本有點懵了，看著卓瑪脹紅的臉不知所措。

過了好一會兒他才說：「那我回去再睡一覺。」

一塊紅布

1

太陽已經升起老高了，烏金還在路上晃蕩著。

烏金是個小學生，要是在平時，他可能第一個就到學校了，先是一個人玩一會兒，然後跟其他陸續到來的學生們玩一會兒，接著就在學校的那口破鐘噹噹、噹噹地響起後，和其他許多學生一窩蜂衝進各自的教室裡上課了。也許這會兒他就像往常一樣坐在教室裡，煩躁不安地一邊聽老師講那些他覺得很無聊而又新鮮的東西，一邊沒有耐心地等待那噹噹、噹噹的下課鐘聲響起。

可是今天他還在路上晃蕩著。

每天都出來放羊的羊本在那塊坡地上遠遠地看見了烏金。羊本和烏金差不多大小，有時候羊本把烏金當作自己的朋友，有時候他會把烏金當作一個小孩，把自己當作一個長輩。這會兒，他就把自己當作一個長輩，把烏金當作一個小孩了。他看見烏金背著書包在寒風吹起的塵土和草屑中晃蕩著，就扯起大人似的嗓門喊了起來：「喂，小傢伙，你還那樣磨蹭著不去上學，等會就要挨老師揍了。」

烏金聽到羊本的聲音很高興，抬起頭笑著向他看。

羊本把羊群趕下山坡，依然用大人一樣的嗓門喊道：「喂，小傢伙，你沒聽到我說的話嗎？快點跑起來。」

烏金還是笑著，而且還笑出了聲。

羊本很生氣地走了過來。

待羊本走近時，烏金看見羊本的懷裡抱著一個小羊羔。

烏金很羨慕地看著羊本，然後摸了摸小羊羔的頭說：「我真羨慕你啊，要是我也能像你一樣天天放羊，不用上學，那該多好啊。」

羊本瞪了一眼烏金說：「你別胡想了，我當初也是經常逃課沒好好上學老留級，才沒上成學的，我現在可後悔了。」

烏金興奮地說：「那咱倆換換吧，你去上學，我來放羊。」

羊本推了一把烏金，正色道：「快去上學，要不然我揍你！」

烏金很不服氣地瞪著羊本說：「裝什麼大人！我去不去上學，又關你什麼事？」

這一下羊本火了，放下小羊羔，一邊踢著烏金，一邊從腰間拿出「烏爾朵」（拋石器）要抽他。

烏金看著羊本真要抽他，就害怕地跑起來，跑沒多遠又放慢腳步回頭看。

羊本黑著臉往「烏爾朵」裡裝上一塊小石頭，舉在頭頂使勁地甩了起來。

烏金知道「烏爾朵」的厲害，要是打著自己會很痛的。那些在羊群中不聽話到處跑調皮的羊要是被「烏爾朵」打著了，也痛得在地上直打轉。烏金就掉頭跑了起來。

羊本看著烏金的樣子笑了起來，他把「烏爾朵」掉轉方向，甩了幾下，把裡面的石頭拋向了幾隻往山坡邊上跑的羊。

2

烏金終於到了學校門口。

烏金躲在學校外面，不敢進去。學校裡面的教室裡傳來了學生們讀書的聲音。烏金想要是自己沒遲到，這傳出來的聲音裡面肯定也有自己的聲音。烏金覺得這傳出來的聲音很美妙，有一種僧人們在經堂裡誦經一般的美妙韻律。烏金納悶自己平時怎麼沒有感覺到。烏金一下子後悔自己沒有早早來上學，沒有把自己的聲音加入到這誦經一般的美妙的韻律中。但這種後悔的情緒很快就沒了。他馬上意識到了自己目前的處境。他的臉上又顯現出一些緊張的神色來。

他看看院子裡沒有老師或者學生，就悄悄地溜了進去。

他走到自己的教室門口，把臉貼在門框上，透過門縫往裡看。他看見自己同桌的拉措剛剛讀完作文坐下了，隨後傳來老師鼓掌的聲音，接著又傳來老師說話的聲音：「妳的作文寫得很好，是全班最好的作文。同學們應該向拉措學習。」同學們的目光立時帶著羨慕的神色投向拉措，弄得拉措不好意思起來。這時，同學們的掌聲也響起來了，持續了很長時間。

等掌聲變得稀稀拉拉，終於停下來後，老師問：「拉措同學，我想問問妳，妳怎麼會對盲人的世界有那麼深的感受？」

拉措小心翼翼地說：「我奶奶是個瞎子，我從小和她在一起。」

拉措說完向門口看了一眼，就看見了正從門縫裡往裡偷窺的烏金的臉。

拉措差點喊了起來。看見拉措的樣子，烏金也差點緊張地喊起來。但拉措還是忍住了，沒有喊出聲來。烏金趁此機會向學校門口逃去。從教室到學校門口有一點距離，烏金頭也不回地逃。逃到學校門口，烏金又馬上煞住腳步回頭往教室的方向看。

教室門口什麼動靜也沒有。他看了一會兒，就向不遠處的一片草地走去。那片草地上雜亂地長著一堆枯黃的草，在寒風的吹動下東倒西歪，無精打采的樣子。

烏金走到了那片草地上。這時，「噹噹，噹噹」地響起了下課的鐘聲。那下課的鐘聲顯得疲憊不堪，像是一個睡著的人在睡夢中無意間敲起的。烏金很想自己跑過去使勁地敲幾下，讓那鐘聲響亮地響起來。有時候老師也會讓烏金去敲上課或下課的鐘聲，那時候烏金就很興奮，讓鐘聲響亮地響起來。那鐘聲無精打采地持續了一會兒之後，就停下了。相比之下，疲憊的鐘聲之後，從各個教室裡傳出來的孩子們興奮的腳步聲，頃刻間充滿整個操場，操場上空歡愉的說話聲和笑聲，洋溢著許多按捺不住的活力。這些聲音讓烏金也興奮起來，差點從草地上跑回學校。但他又馬上意識到了自己的處境，快速地藏在草叢裡，這些雜亂卻又長得很高的枯草很快把烏金給藏起來了。一種來自草的根部的腐朽味道刺進了烏金的鼻子，讓他一陣難受。但烏金還是忍住了。他從草叢間的縫隙向學校門口張望。

烏金的同桌拉措跑到學校門口到處張望著，她胸前的紅領巾在寒風的吹拂下微微地飄動著。烏金從草叢裡看著拉措胸前飄動著的紅領巾覺得很羨慕，同時也覺得很漂亮。烏金想只要自己這個學期努一把力，也許下個學期自己也可以像拉措一樣戴上紅領巾了。這樣就可以每天和拉措一起上學或者放學回家了，要不然老是覺得自己會被那些大人笑話的。

拉措張望了一會兒，就向烏金藏著的草叢走來。看見只是拉措一個人走來，烏金沒有動。

拉措走到烏金藏著的草叢前，小聲說：「出來吧，我知道你藏在這兒。」

烏金沒有走出草叢，依然蹲著。他也小聲說：「不要說話！妳是想讓老師捉住我嗎？」

拉措就沒有說話，尋著烏金聲音的方向鑽進了草叢。

拉措的額頭幾乎碰到烏金的額頭，她看著他的臉小聲問：「你不上課躲在這裡幹什麼？」

烏金嘆了一口氣說：「我沒有完成老師布置的作文。」

拉措問：「你為什麼不寫？」

烏金還是嘆著氣說：「我根本就寫不出來，我沒有那個感覺。」

拉措說：「那我怎麼就寫出來了？老師還表揚我了呢。」

烏金說：「因為妳有妳的奶奶，妳有那些感受。」

拉措停了停說：「那其他同學也寫出來了，總比沒寫好。你也可以自己體驗一下啊！」

烏金無奈地說：「唉，要是我也有個瞎了眼睛的爺爺奶奶、爸爸媽媽、哥哥姐姐，或者弟弟妹妹就好了，我就可以體驗到他們的感覺了，也就可以寫出這樣的作文了，可惜我沒有，我是個孤兒。」

拉措愛惜地看著他說：「烏金，你別傷心，我一直把你當作自己的親弟弟。」

烏金還是無奈地說：「我真的希望這樣。」

拉措生氣了，瞪了他一眼，站了起來，說：「你以為我能體驗我奶奶的感受就是幸福的嗎？這次寫作文才感受到了她心裡的許多痛苦。」

烏金一把拉住她，讓她坐下來吞吞吐吐地說：「對不起，是我說錯了。但是我真的寫不出，除了妳奶奶，我就沒見過一個瞎子，我真的不知道瞎子是什麼感受。」

拉措說：「你不寫作文，可能這個學期也戴不了紅領巾了。你不想像我一樣戴上紅領巾嗎？」

烏金沉默了一會兒說：「我也很想像妳一樣戴上紅領巾啊，可是……」

那敲得死去活來的上課鐘聲又響了，拉措說：「走，快去上課吧。」

說著拉起了烏金的手。

烏金使勁掙脫拉措的手說：「我沒寫作文我不敢去。」

拉措著急地問：「那怎麼辦？」

烏金愣了一會兒，突然說：「妳說的對，我要自己體驗，我要當一天的瞎子，我要像瞎子那樣到處走走，我要用一天的時間體驗瞎子的感覺。」

拉措詫異地望著烏金。

烏金看著拉措脖子上的紅領巾說：「妳可以把妳的紅領巾借我一天嗎？我要用它蒙住我的雙眼。」

拉措更是詫異地望著烏金，說：「可以借給你……可是你會什麼也看不見的，這樣的一天會很漫長的。」

烏金似乎一下子成了一個思想深邃的哲人：「瞎子一輩子都看不見，那他們的日子不是漫長得沒有盡頭了嗎？」

拉措一時也無話可說了，但是過了一會兒又說：「我不信你能堅持一天。」

烏金語氣堅定地說：「我可以對妳發誓。」

拉措疑惑地說：「對我發誓有什麼用，你要對佛發誓我才信。」

烏金微笑著說：「相信我吧，我會寫出讓老師滿意的作文，爭取這學期戴上紅領巾的。」

拉措看著烏金的眼睛說：「我還是不相信。」

烏金似乎忘記了自己是藏在草叢裡，笑了起來：「好好，那我就對佛發誓吧。」

拉措正色問：「這會兒佛在哪裡？」

烏金也正色道：「佛就在我心裡。」

說完也不等拉措再說什麼，烏金就閉上眼睛，雙手合十道：「我要對我心中的佛發誓，我要做一天的瞎子。」

之後，緩緩睜開眼睛看著拉措說：「現在可以把妳的紅領巾借給我了吧？」

拉措想了想，把脖子上的紅領巾解下來給了烏金。

拉措看著烏金用紅領巾蒙住了自己的雙眼。

蒙住眼睛的烏金茫然地說：「拉措，妳對我真好。沒想到妳會把紅領巾借給我。」

拉措只是看著烏金被紅領巾蒙住眼睛的地方，沒說什麼。

拉措突然驚叫了一聲，從草叢裡站起來，跑去上課了。

烏金在後面喊：「拉措，妳隨便撒個謊給我請個假。」

烏金也不知道拉措有沒有聽到自己的話，沒有再喊。

烏金聽著拉措的聲音從學校門口消失後，就晃晃悠悠地向來時的方向走去了。

3

羊本的羊群在那塊坡地上散開了，有幾隻羊在走向另一塊坡地。

羊本站起來，往烏爾朵裡裝了一顆石頭，拋向那幾隻羊。石頭剛好落在了那幾隻羊的前面，幾隻羊就停住了，抬頭張望。

羊本喝了一聲，幾隻羊就遠遠地看了一眼羊本，明白了他的意思似的掉頭往回走，走到了羊群裡面。

羊本喜歡讓羊群駐留在自己的視野之中，這樣在放羊時就有一種很踏實的感覺。不要讓羊群離自己很遠，這是阿媽對他的囑咐。在一天接著一天的牧羊過程中，他覺得阿媽的這句話很對。

羊本坐下來反覆琢磨阿媽的這句話時，從羊群裡傳來了一聲稚嫩的小羊羔的叫聲，羊本又趕緊起身向聲音傳來的地方走去。

他走到羊群中間，興奮地喊起來：「啊哈，是一隻黑頭小羊羔。」

母羊已舔完了小羊羔身上的羊水，看著小羊羔咩咩地叫著。

羊本俯身抱起小羊羔，摸了摸小羊羔的頭。

母羊看著羊本咩咩地叫著圍著他轉，羊本就坐下來把小羊羔放在了懷裡望向遠處。

羊本看見烏金從遠處的土路上搖搖晃晃地走來。

羊本大聲地喊起來：「小傢伙，你怎麼沒去上學，跑回來了？」

烏金像是沒有聽見他的話，繼續搖搖晃晃地往前走。

羊本又喊起來：「你要是不去上學，看我怎麼收拾你。」

說完把小羊羔放在了一直焦急地在旁邊等著的母羊跟前，拿起烏爾朵甩了幾下，發出響聲，想嚇唬嚇唬烏金。但是烏金一點反應也沒有。羊本就又從地上撿起一塊土疙瘩，裝進烏爾朵，輕輕揮了幾下，拋了過去。

那塊土疙瘩落在烏金的前面，碎開了，而烏金沒有任何感覺地繼續往前走。

羊本就有點納悶，等著烏金走過來。

待烏金搖搖晃晃地走近時，羊本才看清烏金用一塊紅布蒙住了眼睛。

羊本把烏爾朵甩了幾下，發出了響亮的聲音，故意粗著嗓門說：「是不是要抽你，你才去上學啊！」

烏金向著羊本的方向說：「你就是抽我，我也不回去，我要做一天的瞎子。」

羊本停下來好奇地看著烏金說：「你這小傢伙好像真的蒙住眼睛了。」

烏金說：「我用拉措的紅領巾蒙住了眼睛。」

羊本就說：「烏金，你過來。」

烏金摸索著朝羊本這邊來了。半途還摔了一跤。

羊本自言自語地說：「這小傢伙好像還真的看不見。」

烏金到了羊本身邊。羊本在他眼前揮了揮拳頭，見沒有任何反應，就問：「烏金，你幹嘛要蒙上眼睛？」

烏金小聲說：「我要寫一篇關於瞎子的作文。」

羊本笑了，問：「為什麼？」

烏金說：「這是昨天老師布置給我們的作文，我怎麼也寫不出來，我不知道瞎子是什麼感覺。你知道瞎子是什麼感覺嗎？」

羊本搖著頭說：「可能就是什麼也看不見、到處都黑乎乎一片吧。」

烏金說：「是瞎子當然什麼也看不見啊，但是你知道他們心裡真正的感受嗎？」

羊本說：「我又不是瞎子，我怎麼知道他們真正的感受啊。」

烏金說：「所以我要蒙住眼睛做一天的瞎子。」

羊本說：「我敢保證你堅持不了一天。」

烏金說：「我肯定能堅持，你要不相信，咱倆可以打賭。」

羊本來了勁，大聲說：「你想賭什麼？」

烏金想了想說：「其實也不用賭什麼，只要你以後不喊我小傢伙就行。」

羊本笑了，說：「小傢伙，沒想到你還在乎這個啊！」

烏金生氣地說：「你看你，又喊我小傢伙了。你就比我大兩歲！」

羊本一本正經地說：「只要你還在上學你就是小孩子。」

烏金不服氣地問：「照你這樣說，不上學的小孩就是大人了？」

羊本肯定地說：「是，只要不上學就是大人了，所以我也是大人了。」

烏金繼續問：「那那些上大學的小伙子們呢？」

羊本猶豫了一下說：「我說過只要在上學就是小孩子。」

烏金無奈地說：「真是奇怪的想法，但是要是你輸了，以後不再喊我小傢伙就可以了。」

羊本拉起烏金的手，緊緊握住說：「一言為定。」

4

太陽又升高了一些，羊本覺得跟被蒙住眼睛的烏金在一起也沒什麼好玩，就逗烏金說：「你喜歡哪個女孩子？」

烏金的臉似乎紅了一下，不說話。

羊本笑著說：「我看你喜歡和你一起上學的拉措吧。」

烏金的臉一下子全紅了，吞吞吐吐地說：「你別胡說了。」

羊本看著烏金的臉，狡猾地笑著說：「我經常看見放學回家時你們走在一起。」

烏金的臉繼續紅著，說：「我們是同桌。」

羊本繼續狡猾地笑著說：「我看你喜歡她也有道理，她長得確實挺好看的。」

這下烏金似乎更緊張了，說：「她的學習很好，全班第一。」

羊本繼續說：「長得好看，再加上學習也好，你喜歡她的理由就更充足了。」

烏金的臉不再紅了，說：「蒙住我眼睛的這塊紅領巾是她給我的。」

羊本故意用誇張的語氣說：「是嗎？她給你這個就表示她也喜歡你了。一個女孩要是喜歡上了一個小伙子，就會把頭巾啊什麼的送給他的，這是個常識。」

烏金沮喪地說：「她只是借給我，讓我用這個蒙住眼睛，體會瞎子的感覺。而且還是我主動向她借的呢。」

羊本說：「唉，跟你聊天真沒勁。」

聽到這話，烏金反而笑了，說：「那說說你喜歡哪個女孩子吧！我們村裡的，還是外面村裡的？」

羊本瞪了他一眼說：「我不喜歡你那樣拐彎抹角，喜歡誰就是誰。」

烏金說：「那你直接說吧。」

羊本說：「我喜歡央措。」

烏金說：「其實我也知道你喜歡她，我還聽說你們小時候就訂了親。」

羊本說：「這個全村人都知道，可就是不知道她到底喜不喜歡我。」

烏金說：「那你就問問她嘛。」

羊本說：「問了也不說。」

烏金說：「總有辦法問到的。」

羊本嘆了一口氣說：「跟一個小傢伙在一起真沒什麼意思。」

烏金生氣了，說：「你看你又喊我小傢伙了，我們不是打賭以後不再叫我小傢伙了嗎？」

羊本笑了，說：「還不知道你能不能堅持當一天的瞎子呢。」

烏金說：「我肯定能堅持，我堅持下來寫出一篇好作文，這個學期就有可能戴上紅領巾了。」

羊本似乎覺得很無聊，沒再說話。

過了一會兒羊本又說話了：「你體驗到瞎子的感覺了嗎？」

烏金說：「沒有，我只是覺得周圍都黑乎乎一片，差不多就跟晚上一樣，但跟晚上又不一樣。」

羊本說：「那是什麼感覺？」

烏金說：「具體我也說不清。」

羊本煩了，說：「你好好體驗瞎子的感覺吧，我要睡一會兒了。」

烏金說：「你別睡，我看不了你的羊群。」

羊本笑著說：「你不用看，再說你也看不了，你只要用耳朵留意一下羊群的聲音在不在周圍就可以了。」

說完就側身躺下了。

羊本又坐起身，看了一眼羊群說：「我看羊群這會兒也不會走遠了。等會咱們一起吃午飯，我阿媽給我裝了午飯，夠我倆吃了。」

說完又側身躺下了，一會兒之後就發出了輕微的呼嚕聲。

烏金自言自語似地說：「我不能睡著，我要好好體驗。」

羊本睡著之後，烏金就開始仔細地辨聽周圍的聲音，去體會那個看不見的世界。

5

一個刺耳的女孩聲音「羊本、羊本」地喊了起來，羊本一下子便醒過來了。

他揉著眼睛看也不看地說：「央措！」語氣中有幾絲興奮。

那個女孩繼續刺耳地喊：「你也不知道管管自己的羊群嗎？你的羊群快要跑到我的羊群裡來了。」

羊本依然很高興的樣子，站起來看了看不遠處的央措大聲說：「兩個羊群合在一起了更好。」

央措罵了一聲「混蛋」，就把羊本的羊群往羊本這邊趕，把自己的羊群往回趕。

羊本高興地看著央措趕羊，沒有動彈。這時他才注意到了烏金。烏金側身躺在他的旁邊睡著了，發出輕微的鼾聲。

他踢了一腳烏金，把烏金弄醒，說：「你就是這樣體驗瞎子的感覺嗎？」

烏金無精打采地坐了起來，含含糊糊地說：「蒙住眼睛睡覺似乎能睡得更香一些。」

羊本又衝著央措喊起來：「央措，過來吧，過來我們一起吃午飯吧。」

央措這才注意到了羊本的身邊還有個人，就大聲地問：「你旁邊的那個人是誰啊？」

羊本喊：「是烏金，小學生烏金。」

央措喊：「他怎麼沒去上學？」

羊本喊：「你過來吧，過來就知道了，很好玩兒。」

央措猶豫了一會兒，就過來了。

央措看著烏金問：「他怎麼用一塊紅布把眼睛給蒙上了。」

羊本就給央措講烏金這樣做的原因。

央措聽了說：「真是奇怪。」

烏金看著央措的方向說：「央措姐姐，剛才羊本說他很喜歡妳。」

央措笑了，看著羊本。羊本的臉一下紅了，瞪了一眼烏金說：「你這小傢伙瞎說什麼呀。」

烏金不理他，說：「央措姐姐，他說他就是不知道妳到底喜不喜歡他。」

央措看了一眼羊本，又看著烏金說：「我也不知道。」

烏金說：「央措姐姐，妳很好看。」

央措笑著說：「你蒙著眼睛還說這些。」

烏金說：「妳一直就很好看。」

央措看著羊本笑，羊本的臉還是很紅。

看著央措對著自己笑個沒完，羊本就說：「央措，我們吃午飯吧，我阿媽給我準備了很多好吃的。」

央措還是笑著說：「你應該像烏金一樣叫我姐姐，別忘了我比你大兩歲呢。」

烏金說：「央措姐姐，妳以後會嫁給他吧？」

央措說：「來，烏金，我們一起吃午飯。」

羊本就趕緊把阿媽給自己準備的午飯全倒了出來，央措也把自己的午飯拿出來了。

這時烏金也說：「我書包裡也有吃的。」說著從書包裡拿出了一些吃的。

央措看著前面的各種食物，說：「今天的午飯很豐富啊。」

羊本笑了笑，自己先吃了起來。

央措給每人倒了奶茶，自己先喝了一口。

烏金仔細地聽他倆吃東西喝茶的聲音。

央措看到他的樣子，就說：「烏金，先把那塊布取下來，等吃了飯再蒙上吧。」

烏金說：「不行，我已經發誓了。」

央措笑了笑，把茶碗放在他的手裡，又把一塊糌粑點心放到了他的手裡。

他們不說話，只是各自吃著，偶爾羊本和央措抬頭看看自己的羊群。

這時，從他們的後面傳來一個人的聲音：「哈哈，你們的午餐很豐富啊，我加入進來可以嗎？」

羊本和央措往後看，是村裡的英俊小子旦多，他騎著一匹馬過來了。央措站起來高興地說：「可以啊，快來吧。」

羊本瞪了旦多一眼，沒有說話。

旦多下馬，把馬拴在一邊，過來坐下了。他看見烏金的樣子，就又問這問那，央措把羊本講給她的話給他講了一遍。

旦多似乎也不覺得奇怪，說：「如今這世道什麼稀奇古怪的事情都有。」說完就自顧自地拿起地上的東西吃起來，好像那些東西全是他自己帶來的。

央措看著旦多吃了幾口之後，看了一眼一直低頭不說話的羊本，笑著說：「旦多，剛剛聽烏金說羊本很喜歡我，你看你來了他好像就不高興了。」

旦多一邊吃一邊笑著說：「是嗎？很好的事情啊，他自己對妳親口說過嗎？」

央措也裝作疑惑地說：「沒有，他一次也沒有對我說過這樣的事。他自己不親口對我說，我怎麼知道這是不是真的啊。」

旦多笑著對羊本說：「羊本，你要真喜歡她，現在就對她說吧。」

烏金說：「他以後還要娶她呢。」

旦多說：「是嗎？那可不得了。」

央措說：「這兩個小傢伙很好玩吧。」

羊本說：「不許妳叫我小傢伙！」

旦多笑著說：「羊本這麼個毛都沒長出來的小傢伙還要娶妳，妳可要享福了，很好玩，很好玩啊。」

央措一下子大聲地笑了起來。

羊本又開口了，問：「我沒長什麼毛？」

央措一下子停住笑，但接著笑得更厲害了，指著羊本說：「你看看，你看看，這個小傢伙！」

旦多也哈哈大笑起來，說：「羊本，男人的毛你長了嗎？」

羊本疑惑地說：「你有頭髮我也有頭髮，我還要什麼毛？」

旦多走過來說：「鬍子你長了嗎？」

羊本知道自己沒長鬍子，就說：「總有一天我也會長出鬍子的。」

旦多壞笑著說：「還有其他的毛你長了嗎？」

羊本顯得很疑惑：「還有什麼毛？」

旦多笑得在地上打滾，說：「等你長大你就知道了。」

羊本沒再問，一臉的疑惑。

央措笑著問烏金：「烏金，羊本現在臉上的表情你能想像得到嗎？」

烏金說：「想像不到，什麼表情？」

央措說：「你想像不到就可惜了，很有趣。」

旦多停止在地上打滾，還是笑著，說：「最主要的你憑什麼要娶她？」

羊本不說話了。

烏金開口說：「央措的阿爸很早就答應羊本的阿爸，長大後要把央措嫁給羊本。」

旦多停止笑，看著羊本說：「那些都是胡扯，男人娶女人要靠自己的本事。你說說你有什麼本事？」

羊本又開口了。他看了看央措，很自信地說：「我能放好羊。」

央措和旦多哈哈大笑起來。烏金也跟著傻笑起來。

笑完之後，旦多說：「草原上，是個牧人就能放好自己的羊，這不算什麼本事。是個男人就得有匹好馬，你有嗎？」

羊本有點露怯地說：「我長大後一定會擁有一匹好馬！」

旦多看著央措笑著。烏金也笑了。

一會兒之後，羊本不服氣地站起來對旦多說：「你敢跟我摔跤嗎？」

旦多笑著走到一塊平地上，說：「聽說你摔跤摔得不錯，你們那幫小孩裡面沒有一個是你的對手，是嗎？」

羊本看著個子比自己高很多的旦多，有些猶豫，不敢上前。

旦多看著羊本的樣子說：「你不是要和我摔跤嗎？這會兒是不是又怕了？」

羊本給自己壯了壯膽說：「哼，我還以為你怕了呢，我正要準備提醒你呢。」

旦多笑了，隨後他倆便擺開了摔跤的架式。

羊本撲向了旦多。旦多很巧妙地躲開了。旦多攔腰抱住羊本晃了一圈，然後把他重重地摔在了地上。

烏金一直在緊張地捕捉著他倆摔跤的聲音。聽到啪的一聲其中一人摔倒在地的聲音，烏金馬上問：「誰摔倒了？」

央措笑咪咪地說：「小傢伙羊本摔倒了。」

烏金著急地說：「唉呀呀，要是我沒發誓做一天的瞎子，我也要看他們摔跤的樣子。」

央措咯咯地笑著說：「那就把那塊布取下來看吧。」

烏金又不說話了。

羊本不甘罷休，站起來又撲向旦多。旦多還是把他重重地摔在了地上。

沒等烏金問，央措就笑咪咪地說：「又是小傢伙羊本摔倒了。」

烏金似乎著急得不行了，來回地走，有時候還摔倒。

羊本又爬起來撲向旦多。旦多還是輕而易舉地把羊本給摔倒了。

沒等央措開口，烏金就緊張地問：「羊本是不是又摔倒了？」

央措笑著說：「是他。」

烏金來回走動著，嘴裡胡亂地叫著什麼。

旦多看著趴在地上的羊本，說：「小傢伙，還要來嗎？」

羊本坐起身彈了彈身上的塵土，說：「俗話不是說男人摔跤只摔三次嗎？不然我一定會摔死你的。以後不許再叫我小傢伙！」

旦多對著羊本哈哈大笑起來。

羊本憤怒地對旦多說：「我一定要娶到央措，我已經答應我阿媽了。」

旦多笑得更厲害了，對著央措說：「妳聽到了嗎，央措，這個小傢伙說他答應他的阿媽要娶到妳。他想替他阿媽娶妳做老婆呢。」

央措也笑了起來。

羊本又對著央措說：「我不是開玩笑，我真的答應阿媽要娶妳了。」

央措和旦多還是笑。看著他倆笑個不停，羊本就哭了起來，而且哭的聲音越來越大了。

旦多不笑了，對羊本說：「等過了一兩年，你能摔倒我的時候，你就有機會娶到央措了。」

央措也微笑著看羊本，用袖口擦了擦羊本臉上流在一起的眼淚和鼻涕。

旦多走過去解開馬韁繩，看著遠處央措的羊群說：「央措，妳的羊群已經走遠了，咱們走吧。」

說著旦多翻身騎在馬上，回頭看著央措。

央措看了一眼顯得很失落的羊本，安慰了一句，過去騎在了旦多的後面。

羊本憤怒地看著騎在馬上的旦多和央措，站起來狠狠地說：「我答應我阿媽的事，我一定要辦到。」

旦多笑了笑鬆開繮繩，任那匹馬輕快地跑起來，央措緊緊抱住旦多快意地笑了起來。

隨後，從旦多的嘴裡飄出了一首曲調歡快的情歌，充滿了周圍的草原。漸漸地，這首曲調歡快的情歌也隨著旦多和央措飄遠了。

羊本看著他們翻過那座山包直到消失後，又頹然坐在了地上。

6

過了中午時間，羊本還是坐在地上一動也不動。烏金推了一下他說：「你就這樣一直坐著不起來了嗎？」

羊本不理烏金，目光凶狠地看著前面自己被旦多摔倒的地方。

烏金說：「你要是這樣，你以後肯定就娶不到央措了。」

羊本這才說話了：「你這話什麼意思？你這是在取笑我嗎？」

烏金說：「我在學校裡打架從來沒有哭過，就是輸了也不哭。你剛才不應該在央措面前哭起來。」

羊本一下子站起來說：「你以為我打不過他嗎？要不是我阿媽早上囑咐我不要在外面打架，我早就把他打得站都站不起來了。」

烏金笑了起來：「你就不要吹了，雖然我看不見你們摔跤，但是我能感覺到你不是他的對手。」

羊本生氣地說：「你再胡說，小心我揍你。」

烏金還是笑著說：「你揍比你小的小孩，算不上本事，有本事過一兩年把比你大的旦多摔倒在地，把央措娶回家。」

羊本舉起手想打烏金，但是看到烏金被那塊紅布蒙住眼睛的樣子，又把手放下了。

烏金開口說：「羊本，以後我幫你練習摔跤，一兩年後一定要把旦多摔倒在地，而且要在央措的面前，最好讓旦多也哭。」

羊本高興了，把手搭在烏金的肩膀上說：「你真是我的好夥伴，以後不再叫你小傢伙了。」

烏金也高興了，把手搭在了羊本的肩膀上。

羊本說：「你說我和旦多誰英俊？」

烏金說：「當然是旦多英俊，姑娘們都這樣說。」

羊本有點傷心的樣子，不說話。

烏金似乎猜透了羊本的心事，說：「羊本，其實你也是個英俊的小伙子，你只要把本事練好就可以了。」

聽到這話，羊本高興地笑了，說：「對，我得好好練練本事了。」

烏金也高興了，說：「我相信你。」

羊本摸了摸頭上一塊發青的地方問烏金：「烏金，你能不能看看我這裡是不是破了，特別疼？」

烏金說：「可是我看不見啊。」

羊本說：「你就不能取下那塊布偷偷地看一眼嗎？」

烏金為難地說：「可是我已經對佛發誓了。我說過我要做一天的瞎子，現在取下來，我就寫不出我的作文了，寫不出作文我就可能戴不了紅領巾了。」

羊本說：「哦，那就算了吧。」

烏金說：「很疼嗎？」

羊本只是摸著頭上那塊發青的地方，沒有說話。

過了一會兒羊本說：「烏金，你已經體會到瞎子的感覺了嗎？」

烏金猶豫了一會說：「我說不太準，就是很黑的感覺。」

羊本說：「那可能就是瞎子的感覺，你就照那個感覺寫吧。」

烏金說：「可是我又覺得我沒什麼可寫的。」

羊本說：「那就繼續體會吧。」

烏金說：「我現在什麼也看不見，心裡有點害怕。」

羊本說：「你不用害怕，我會一直跟著你的。」

烏金說：「好。」

羊本又想起什麼似地問：「你是怎麼從學校走到這裡的？」

烏金說：「我摸索著就過來了。路上還摔了幾跤，但還是能感覺到路。」

羊本說：「那我也試試吧，我用腰帶把眼睛蒙起來。」

烏金說：「好。」

羊本就解開自己的腰帶，把眼睛給蒙上了。

烏金問：「蒙上了嗎？」

羊本說：「蒙上了。」

烏金問：「什麼感覺？」

羊本說：「沒什麼感覺，就像在漆黑的夜裡一樣。」

烏金問：「你可以蒙著眼睛去趕羊嗎？」

羊本說：「我想我不行。」

烏金說：「那咱倆一起走吧，有兩個人就好走了。」

羊本說：「好。」

他們就互相攙扶著往羊群的方向走。

7

羊本和烏金攙扶著往羊群的方向走時摔了幾次跤，但他們還是爬起來繼續往前走。

就這樣斷斷續續地摔了許多次跤之後，羊本感覺有點不對了，取下了蒙住眼睛的腰帶。

羊本突然間大聲地笑了起來。

烏金莫名其妙地問：「你笑什麼？怎麼了？」

羊本依然笑著說：「咱們走到羊群的相反方向來了。」

羊本拉烏金的手坐下來，說：「咱們休息一會兒吧，等會帶你回去。」

這時，羊本看見村長騎著一匹馬過來了。看見羊本就問：「羊本，你放羊啊？」

還沒等羊本回答，烏金就緊張地小聲問：「那個人是誰？」

羊本小聲說：「是村長。」

烏金顯得更緊張了，說：「你快去吧，千萬別說我在這裡，他會罵死我的。」

羊本就跑過去說：「村長好。」
村長看著羊本的後面說：「剛才跟你在一起的那個小孩是誰？」
羊本說：「是外村的一個放羊娃。」
村長說：「是嗎？我怎麼看著有點像烏金啊。」
羊本說：「不是他，不是他。」
村長狐疑地看著羊本的臉說：「我得過去看看。」
村長就策馬向那個小孩的方向走去。羊本也緊緊地跟在後面。
烏金聽到村長過來的聲音就面朝地趴在了那裡不動彈。
村長走過去說：「這孩子怎麼了？怎麼就趴在地上不動了？」
羊本說：「他是怕你才趴在地上不敢起來。」
村長說：「怕什麼怕，趕緊讓他起來吧。」
羊本也說：「趕緊起來吧，村長知道你是誰了。」
烏金這才慢吞吞地爬起來，坐在了地上。
看著烏金的樣子，村長驚奇地說：「這孩子怎麼了？怎麼這個樣子」
羊本笑著說：「他說他要蒙住眼睛做一天的瞎子。」

村長幾乎從馬上跳了起來，尖聲問：「什麼？他要做一天的瞎子？」

羊本說：「他們的老師讓他們寫一篇關於瞎子的作文，所以他要體驗瞎子的感覺。」

村長笑著說：「這孩子是不是腦子出了什麼問題啊。」

羊本笑著不說話。

村長說：「好好的人，做什麼瞎子啊？」

羊本依然笑著。

這時，村長像是自言自語似地說：「我倒是希望自己變成一個瞎子，這陽世上不想看見的事情真是越來越多了。」

村長突然又想起什麼似地問：「他怎麼沒去上學？」

羊本說：「他就是想體驗瞎子的感覺才沒去上學嘛。」

村長生氣了，說：「胡鬧，快讓他去上學。」

說完策馬準備離開。

羊本跑到前面說：「村長，喝口茶休息一會兒再走吧。」

村長就下馬和羊本、烏金一起坐在草地上了。

羊本跑過去拿自己的茶和碗。

這時，烏金說：「村長，這次您原諒我吧，將來我一定會好好學習。」

村長看著烏金的樣子笑了一下說：「村裡看著你是個孤兒才供你上學的，你倒好，逃學。」

烏金緊張地說：「我一定會好好學習，報答大家的養育之恩。」

村長笑著說：「只要你把蒙住眼睛的那塊紅布取下來，乖乖去上學，我就不怪你了。」

烏金說：「紅布不能取下來，我已經對佛發誓要做一天的瞎子了。」

村長說：「烏鴉嘴，瞎子都想看見光明哪，你一個明眼人倒想變成瞎子！」

烏金說：「我也不想變成瞎子，我只是要完成一篇老師布置的關於瞎子的作文，寫好這篇作文就有可能戴上紅領巾了。」

村長說：「我管不了那麼多，你要不去上學，村裡以後就不管你了。你就得自己去放羊養活自己了。」

烏金嚇得不知所措起來。

羊本拿著水壺和碗回來了。羊本擦了擦碗給村長倒茶。碗是個木碗。村長接過木碗看了看說：「這是你阿爸的那個木碗吧？」

羊本說：「我也不知道，我阿媽說這個木碗是阿爸留下來的，我就一直帶著。我已經記不清阿爸的樣子了。」

村長嘆了口氣說：「你真是個好孩子啊，只可惜你阿爸走得太早了，讓你們娘兒倆吃了不少苦。」

羊本露出傷心的樣子，不說話。

村長說：「你阿爸可是個大好人啊。」

羊本還是不說話。

村長看著碗說：「這個木碗是你阿爸和我們去拉薩朝聖時買的，當時你阿媽正懷著你，還沒有生出來呢。那次我們有十幾個人，我們每人都買了一個木碗，但是我們買的現在基本上都沒有了，你阿爸的傳到了你手裡，真不容易啊。」

羊本又開口了：「可是我真的記不得他的樣子了，我阿媽說我很像他。」

村長仔細看了一眼羊本說：「你長得確實很像你阿爸，尤其眼睛和鼻子很像。」

羊本說：「那我知道我阿爸長什麼樣了。」

村長笑著又說：「可是你沒有跟你阿爸一樣很漂亮的鬍子啊。」

羊本問：「是格薩爾王那樣的鬍子嗎？」

村長說：「是，是，就是格薩爾王那樣的鬍子。」

羊本說：「我阿媽說我長大了會有那樣的鬍子的。」

村長笑了笑，喝了一口茶說：「你阿爸以前可喜歡喝奶茶了，一邊揉皮子，一邊喝奶茶，有時能喝掉兩三壺奶茶。」

羊本說：「我也喜歡喝奶茶。」

村長說：「這可能也是像你阿爸的緣故吧。」

羊本又不說話了。

過了一會兒村長說：「你阿爸以前也是一個很好的牧人。他習慣一大早就把羊群趕到草地，直到黃昏日落後才把羊群趕回家。」

羊本又開口了：「我也喜歡一大早就把羊群趕到草地，黃昏日落後才把羊群趕回家。」

村長說：「這也說明你很像你的阿爸。」

羊本的臉上露出了笑，不說話。

村長喝羊本倒的第二碗茶時，發現了羊本額頭上發青的瘀痕，就問：「你臉上怎麼了？」

烏金終於插上了一句話：「是旦多剛剛打了羊本。」

村長問：「為什麼？」

烏金說：「他們是為了央措打起來的。」

村長問：「為什麼？」

烏金說：「羊本答應了他的阿媽要娶央措，但是旦多笑話羊本還沒長男人的毛，沒資格娶央措。」

村長大聲地笑了起來，問烏金和羊本：「你們知道男人的毛是什麼嗎？」

烏金和羊本同時說：「不知道，問了旦多，旦多也沒有說。」

村長笑著說：「等你們長大了就知道了。」

烏金搶先羊本說：「旦多說的也是這句話。」

村長就更加大聲地笑了起來。

羊本莫名其妙地看著村長笑的樣子。

烏金說：「旦多說再過一兩年，要是羊本能摔倒他，就有機會娶央措了。」

村長看著羊本說：「那就要好好地練本事啊。」

羊本對村長說：「我聽我阿媽說，我阿爸在世的時候，央措的阿爸答應長大後要把央措嫁給我，是不是現在我阿爸不在了，央措的阿爸會變卦了啊？」

村長笑著說：「人家雖然答應過要把央措嫁給你，但是小伙子自己也得有點本事啊，要不然人家就是把女兒嫁給了你，你怎麼保護人家的女兒啊？」

羊本聽到這話，羞愧地低下了頭。

烏金又開口了：「阿卡村長，你是一村之長，你將來可要支持羊本啊，他們既然已經答應了，就要說話算話啊。」

村長瞪了一眼烏金說：「怎麼，你還不去上學嗎？要不要我親自把你送到你們老師那裡啊？」

烏金懇求道：「村長，明天開始我一定會好好學習，天天向上。但是今天你就放過我吧，再說我也是為了完成老師布置的作文才這樣的。」

村長把木碗放回羊本手裡，站起來騎上馬走了。

等村長走遠之後，烏金說：「村長不會去學校告訴老師我在這裡吧？」

羊本笑著說：「放心吧，不會的，村長哪有那麼多時間。」

烏金也笑了，說：「這下你也可以放心了，以後村長肯定會為你作主的。」

兩個人都變得很開心了。

8

草原上的時間說快也快，說慢也慢，這會兒天昏沉沉的，也看不出具體的時間。

羊本看著羊群懶洋洋的、不是急於吃草的樣子，就肯定地說：「現在已經是黃昏了。」

這時，羊本看見一些羊緩慢地往回家的方向走，就更加肯定地說：「是黃昏了，該回家了。」

烏金卻有點傷心地說：「我蒙了一天的眼睛，卻好像也沒有什麼特別的感受啊。天馬上就要黑了，天黑了就和我蒙著眼睛一樣了。」

羊本說：「那就把那塊布取下來，我們一起回去吧。」

烏金想了想說：「我還要蒙一會兒，也許天黑之前會有一些感受呢。」

羊本說：「還會有什麼感受啊，你回去隨便編一些不就行了嗎？」

烏金說：「都蒙了一天了，再蒙一會兒也無妨。走吧，咱們回吧，我不會礙事的。」

羊本過去把羊群都聚攏到一塊兒，往回家的路上趕。

烏金仔細地辨別黃昏時草原上的各種聲音。他聽到了一些以前沒有聽到過的聲音。他有些興奮。

羊本走過來拉烏金走。

他們跟在羊群的後面慢慢地走時，烏金似乎聽到了什麼不一樣的聲音。

烏金就停下來仔細地聽。

羊本看見烏金的樣子就問：「你在聽什麼？」

烏金說：「我好像聽見什麼特別的聲音了。」

羊本說：「什麼聲音？」

烏金仔細地聽，沒說話。羊本也學著烏金的樣子仔細地聽。除了羊群中傳來的一些熟悉的聲音，羊本什麼也沒聽到。

烏金還在仔細地聽著。

一會兒，烏金的神情有了變化，對著羊本的方向喊著說：「羊本，你過來，我確實聽到了什麼聲音。」

羊本走過來，像烏金那樣仔細地聽了聽說：「你胡說什麼呀？哪有什麼聲音？」

烏金認真地說：「有，真的有，好像是唱歌的聲音。」

羊本看了看烏金，說：「聲音是從哪個方向傳來的？」

烏金繼續仔細地聽了一會兒之後，確定地指向了東面。

羊本拉上烏金說：「走，我們去看看。」

羊本和烏金開始很快地走，接著就跑起來了。

跑了一會兒之後，羊本也似乎聽到了什麼聲音。羊本停下來說：「我也聽到了什麼聲音。」

兩人繼續往前跑，氣喘吁吁的。

這時，羊本又停下來說：「我確實也聽到了唱歌的聲音。」

兩人又跑了起來，跑了一會兒就摔倒了。這時，那聲音越來越清晰了。

羊本和烏金趴在地上，仔細地辨別著聲音傳來的準確方向。

可是，那聲音突然間停下了。羊本和烏金不知所措起來。一會兒之後，那中斷的聲音突然又響了起來。他們聽清那是一個人在唱歌。

羊本問烏金：「這是什麼聲音？」

烏金說：「我也不知道。」

羊本和烏金就站起來，循著聲音小跑著過去。雖然傳來的聲音很清晰，但他倆還是循著聲音傳來的方向走了很長的路。

那聲音越來越近，越來越清晰了。

最後，他們在一片草叢中找到了一顆人造衛星。

羊本小心翼翼地拿起那顆人造衛星，好奇地看著。人造衛星裡傳出了一個男人唱歌一樣的聲音。

羊本好奇地說：「這會是什麼哪？裡面有個男人在唱歌。」

烏金焦急地問：「是個什麼樣子啊？」

羊本又把那個東西前後左右地看了看說：「我也說不好，有點像裝糌粑的小匣子，但是裝糌粑的小匣子怎麼會發出這樣的聲音呢。」

烏金想了想，突然說：「會不會是天上的星宿啊？」

羊本馬上否定了：「天上的星宿怎麼會掉到草叢裡呢？」

烏金解釋說：「每天黑夜不是能看見有星宿從天上掉下來嗎？」

羊本想了想說：「那天上的星宿怎麼會唱歌呢？」

烏金像是突然想到了什麼似地說：「我們老師說有些人造的星宿就會唱歌。」

羊本疑惑地說：「什麼？人造的？天上還有人造的星宿？人造的星宿怎麼會飛到天上呢？」

烏金說：「這個我也不知道。」

羊本就笑著說：「所以說，這肯定不是什麼星宿，我想這裡面肯定有個小人在唱歌。」

烏金半信半疑地說：「不會吧。」

羊本說：「肯定有！我要打開它找出裡面的小人。」

烏金馬上說：「你不能一個人打開，這是我發現的。」

羊本笑了笑說：「你發現什麼？你忘了你的眼睛是蒙住的嗎？你連看都看不見！」

烏金辯解道：「不，那是我先聽到的。」

羊本狡黠地說：「聽到的不算，不是說眼見為實嗎？」

烏金有些無奈了，說：「求求你了，能不能等到明天咱們再一起打開它？」

羊本堅決地說：「不行，萬一裡面的小人跑了呢。我現在就要打開它，找出裡面唱歌的小人。」

那顆人造衛星裡還在發出唱歌一樣的聲音，但是聲音很弱。

羊本問烏金：「你念了那麼多書也聽不出裡面唱什麼嗎？」

烏金又仔細地聽了一會兒，使勁搖了搖頭說：「裡面唱歌的人唱得很含糊，我根本聽不清在唱什麼。但肯定是用漢語在唱。」

羊本沒再答理他，一直看著那個玩意兒。

那裡面傳出的聲音越來越弱了，烏金說：「裡面的小人是不是餓了，怎麼聲音越來越小了。」

羊本已經開始準備要拆那顆人造衛星了，敷衍似地說：「嗯，可能是餓了吧。」

烏金又問：「你還看見什麼了嗎？」

羊本仔細看了看那東西說：「這上面還寫著幾個字呢，可惜我看不懂。是漢字。」

烏金說：「你留到明天讓我看，我就明白上面寫什麼了。」

羊本說：「不行。」

羊本從懷裡掏出一把吃肉的小刀，開始拆那顆人造衛星。

烏金在旁邊很著急。羊本繼續拆著那玩意兒。

烏金嚇唬羊本說：「以前聽老師說，這種人造衛星裡面有很多國家的機密，我們還是放回去吧。」

羊本不理他，低頭亂拆著。一會兒之後，人造衛星裡的聲音就不響了。

烏金急了：「你把那個東西怎麼了？你是不是傷著裡面的小人了？」

羊本有點緊張地說：「沒有，我還沒有捉到裡面的小人。」

烏金悄悄地說：「羊本，要不我就取下紅領巾看一眼吧，你不要告訴別人就是了。」

羊本很認真地說：「不行，你已經發過誓了，你這樣做是自欺欺人。」

烏金只好「唉」了一聲。

這時，那個玩意兒裡面又傳出了那個男人沙啞的、含混不清的聲音。烏金突然間就聽懂了這麼兩句：「那天是你用一塊紅布，蒙住我雙眼也蒙住了天。你問我看見了什麼，我說我看見了幸福……」

接下來唱了什麼，烏金又一句也聽不懂了。

羊本繼續叮叮噹噹地拆著，把那個人造衛星的零件拆得散落了一地。

烏金突然一下把蒙住他眼睛的紅領巾給扯了下來，扔到一邊了。

這時，從人造衛星裡傳出的男人沙啞的含混不清的歌聲變調了，漸漸什麼也沒有了。

烏金看著被羊本零零散散地扔在地上的各種零件，氣憤不已地說：「人呢，你捉到的小人呢？」

羊本看著前面的那些零件，嘆了一口氣說：「沒有，什麼也沒有。我也不知道跑哪裡去了。」

烏金的臉上露出了笑，說：「我聽懂那個男人唱什麼了。」

羊本趕緊問：「唱什麼？」

過了好一會兒，烏金才慢吞吞地說：「你這個混蛋，我不說。」

羊本也笑了，說：「你這個小傢伙！」

陌生人

我們這個村子很小，只有一百來號人，誰家要是出了什麼事，五分鐘後就都知道了。

從村頭走到村尾，只要十分鐘的時間。一些人興致勃勃地來這裡旅遊，十分鐘之後就很失望地回去了。

不過，總會有一些陌生人到我們這裡來。

那天，就來了一個陌生人。

每當村裡來了什麼陌生人，第一個知道的就是我們。我們都是些無所事事的年輕人，村子中央那個小賣部是我們每天聚會的地方。小賣部裡廉價的酒，讓我們每天都爛醉如泥，等太陽落山後才搖搖晃晃地各自回家。

那天上午，來到小賣部門口的只有我一個人，我感到有點奇怪。我等了半個小時還是沒有等到一個人影。小賣部的售貨員是個女的，叫卓瑪。年齡跟我差不多，比我們村裡那些個女孩漂亮多了。也許是因為她長得漂亮，她不太愛理我們。她不是我們村裡的，而是村長帶來的。村長開了這個小賣部，自己又不會算帳，就把她給雇來了。聽村長說她算盤打得很好，但我們從沒見過她打算盤，那個算盤一直在櫃台邊上放著。一些人說，過段時間她就要離開這裡。

我喝酒喝得有點上癮了，每天這個時候不喝上幾口，就有點坐立不安。我故意摸了摸我的上衣口袋。我的口袋讓我很失望。其實，我知道我的口袋會讓我大失所望的，從昨天開始我就知道我的口袋裡一文不名了。我只好等別人來買酒喝了。

太陽已經出來了，陽光有點暖和，我把上衣脫下來，扔到了離小賣部門口不遠的一棵歪脖子樹上。那棵歪脖子樹上還掛了許多哈達之類的東西，這裡的人們相信那是一棵神樹。那棵樹看上去一副無精打采的樣子，也許是疲憊了那些祈禱者無休無止的祈禱吧。

沒有了上衣，我顯得有點精神。我走進了小賣部，售貨員卓瑪在嗑著瓜子，她把瓜子殼吐到前面的水泥地上，地上白花花一片。

我看著她臉上堆起了笑。她只是繼續嗑著瓜子，沒有理我。

我笑了笑對她說：「能不能賒我一瓶酒，我明天就把錢給妳送來。」

她幾乎連眼睛也沒抬一下，在吐瓜子殼的縫隙吐出了兩個字：「不能。」

我看了她一會兒就出去了。

太陽升起很高了。外面還是沒有一個人。那棵歪脖子樹孤零零地立在那兒，在陽光的照射下顯得蔫不拉嘰的。

我看見樹底下有個破桶，就提起來走到了不遠處的井邊。

這口井是我們這裡的第二口井。第一口井裡掉進一個小孩淹死了，後來人們把它給填平了，還請了村裡寺院的喇嘛念了幾天經。但是後來有人說，那個小孩的陰魂遊蕩在那口井的附近。到了晚上很多人不敢從那口井旁邊經過。有時候我喝醉酒從那裡經過時，也有一點毛骨悚然的感覺。

我從那口井裡打出了水。水桶裡一隻青蛙呱呱地叫著。我們這裡的人對青蛙懷有敬畏之心，認為牠是龍的子孫。那隻青蛙似乎在看著我，凸出來的眼睛有點挑釁的意思。我和牠對視了一會兒，最後討好似地對著牠笑了笑，把那桶水倒回了井裡。我聽到從井底傳來了青蛙呱呱的叫聲。

等那呱呱的叫聲消失之後，我又重新打了一桶水。這桶水裡面沒有青蛙。我有點僥倖地趕緊把水倒進了我的破鐵桶裡。那只破桶開始漏水了。我提起漏水的桶跑向那棵歪脖子樹。

跑到歪脖子樹邊上時，桶裡只剩半桶水。我把水全部倒向那棵樹，然後看著它。我眼看著那棵樹在我的面前精神多了，它的葉子在陽光下熠熠生輝。

太陽似乎被一塊雲擋住了。那棵歪脖子樹蒙上了一層陰影。這時，我聽到身後傳來了一陣窸窸窣窣的聲音。

我回頭看時，看見一個人正往小賣部這邊走。我一眼就看出那是一個陌生人。

我沒有站起來，蹲著等那人過來。

陽光又回來了。我看清了那人的臉。那是個三十歲左右的臉。一副疲倦和哀傷的神情。

他走到小賣部門口就站住了。我以為他會跟我說話，但是他沒有跟我說話。

他從上衣口袋裡掏出一包煙，從裡面取出一根抽了起來。

我看了看他，起來向他走去。

他遞給我一根煙，說：「抽根煙吧。」

我沒有拒絕。我想起我的褲兜裡有一個打火機，就拿出來給自己點上了。

他只是抽著煙，不說話。

我把煙抽到一半，終於忍不住地說：「你從哪裡來？」

他說：「我從一個很大的地方來。」

我說：「哦，我知道了，你是從大城市來的。」

他也沒說什麼，繼續抽著煙。

我看他有點奇怪，就說：「你叫什麼名字？」

他卻說：「我的名字不重要，我是來找個人。」

我仔細看了看他說：「你找什麼人？」

他說：「一個女人。」

我說：「我們這個地方很小，沒有多少女人。」

他說：「我要找的女人叫卓瑪。」

我立即就想到了小賣部的售貨員卓瑪，說：「噢，我知道了，我帶你去。」

我們就去了售貨員卓瑪跟前。她還在嗑著瓜子。她前面的櫃台上也滿是瓜子殼。

我對她說：「這個人是來找你的。」

卓瑪停下了嗑瓜子，眼神有點奇怪。

我回頭看時，那人已經往外走了。

我追過去說：「她就是卓瑪，你不是要找卓瑪嗎？」

他已經走到了小賣部外面。他在陽光裡站住說：「我要找的不是她。」

我說：「她也是外地的。」

他說：「不是她。」

我說：「那我們這裡就沒有你要找的女人了。」

他說：「我知道你們這裡有二十一個卓瑪，我要找的女人就在你們這裡。」

我笑了，說：「你是不是說佛經裡的二十一個卓瑪啊？可那是在佛經裡啊？我們這裡哪有那麼多卓瑪？」

他說：「我看過一本書，說你們這裡就是佛經裡二十一個卓瑪的故鄉。」

我說：「哈哈，我還真沒聽說過我們這個鬼地方是二十一個卓瑪的故鄉。」

他說：「不會錯的，書裡這樣說。」

我閉上眼睛裝模作樣地念了起來：「嗡！敬禮聖救度母尊，敬禮速勇救度母，目如剎那電光閃，三界怙主蓮花面，萬千花蕊端嚴母；敬禮圓滿如秋月，萬千疊積面容母，如千星宿俱時聚，殊勝威光熾燃母……」

他說：「沒想到你還會背〈二十一度母（卓瑪）贊〉。」

我睜開眼睛說：「這有什麼，我們這裡的人都會念〈度母禮贊〉。」

他豎起大拇指說：「我背了很長時間也不會背這個。」

我又閉上眼睛更加大聲地念了起來。

這時來了另一個無所事事的年輕人，他叫次多。他和我一樣也是個囊中羞澀的傢伙。

他說：「你怎麼在這兒賣弄似地念〈度母禮贊〉？」

我說：「我只是念給這個陌生人聽聽。」

他看著陌生人，像是突然看見了他，說：「他是誰？」

我說：「他說他來自大城市。他說他來找他的女人。他說他的女人叫卓瑪。」

次多說：「卓瑪？會不會是我妹妹啊？」

我說：「對啊，你妹妹也叫卓瑪，我怎麼沒想到啊！」

次多說：「我妹妹已經是個少女了，你怎麼能想不到呢。我妹妹也去過大城市。」

我說：「那你快去吧，我在這兒看住這個人。」

次多小跑著從那口水井旁邊跑去了。

次多走後，陌生人對我說：「你真不知道你們這裡是二十一個卓瑪的故鄉嗎？」

我說：「不是我不知道，我們這裡真沒那麼多卓瑪，我們這裡總共才一百來號人。」

他只是看著我笑了笑。

次多很快就領著他的妹妹來了。

次多和他的妹妹在離我們幾步遠的地方停住了。次多指著那個陌生人，問他的妹妹：「妳認識這個男人嗎？」

次多的妹妹說：「我在城裡打工時，好幾個男人都說要娶我，但我現在有點記不清他們的樣子了。」

次多說：「妳好好看，不要弄錯了。」

次多的妹妹就仔細地看那個陌生人。

陌生人看著她說：「我要找的卓瑪不是她。」

卓瑪的哥哥有點失望。

卓瑪也有點失望，她看著陌生人說：「你仔細想想，你真的沒有說過要娶我嗎？」

陌生人說：「我從來沒有對妳說過這句話。」

這時我特別想喝酒了，就故意對次多說：「你有錢嗎？買瓶酒吧。」

次多說：「我沒錢。」

我說：「我知道你沒有錢，我就故意問問。」

次多也不覺得尷尬，對自己的妹妹說：「卓瑪，給我們買瓶酒吧。」

卓瑪看著那個陌生人說：「人家大城市來的，你們就讓他買嘛。」

次多說：「陌生人，給我們買瓶酒吧。」

陌生人說：「這樣吧，你們找來一個卓瑪，我就給你們一百塊，你們自己去買酒喝。」

次多很高興，對陌生人說：「你說話算數嗎？」

陌生人說：「當然。」

次多還是有點懷疑地看著他。

陌生人從口袋裡掏出一沓大面額的錢，晃了晃，說：「你不是在懷疑我沒錢吧？」

這時我突然腦袋開竅似地說：「我已經幫你找到一個卓瑪了，你說話算數的話，就給我一百塊吧。」

陌生人毫不猶豫地抽出一百塊給了我。

次多也馬上腦袋開竅似地說：「我也幫你找到了一個卓瑪呀。」

陌生人又抽出一百塊給了次多。

次多的妹妹說：「我找來一個卓瑪也會給我一百塊嗎？」

陌生人說：「當然，誰找來都給。」

次多的妹妹就離開了我們。

我對次多說：「這是一筆好生意啊，咱們找到二十一個卓瑪，就能賺到兩千一百塊。」

次多說：「還是先去買瓶酒喝吧。」

我說：「好，先喝點酒再說。」

我和次多就進了商店。

營業員卓瑪已經不嗑瓜子了，地上和櫃台上很乾淨。

這次我沒有對著她笑，直接說：「買酒！」

售貨員卓瑪乜斜著眼睛說：「有錢嗎？」

我把那張一百塊扔到了櫃台上，上面毛主席的表情有點嚴肅。

卓瑪拿起錢仔細地看，說：「不會是假錢吧？」

我說：「毛主席還有假的嗎？」

卓瑪微微笑了笑，沒說什麼。她的微笑很讓人陶醉。

我後面的次多很生氣，說：「怎麼，你是看不起我們沒錢嗎？」

卓瑪收起了微笑，不理他，只是看著我說：「你哪來這一百塊錢？」

我說：「從那個陌生人手裡賺的。」

卓瑪抬頭看了看外面，我也回頭看外面，但看不見那個陌生人。

卓瑪就說：「買什麼酒？」

我說：「最好的。」

卓瑪說：「最好的五十塊。」

我說：「拿來。」

卓瑪拿來一瓶酒，找了我五十塊。

我拿起那張五十塊面額的錢仔細地看，我覺的那上面的布達拉畫得很好看。

卓瑪哼哼了兩聲說：「怎麼了，是假錢嗎？」

我笑了笑說：「我只是看看上面的布達拉是不是真的。」

卓瑪哼哼了兩聲沒說什麼。

我把那張布達拉捲起來裝進口袋說：「還能在妳這兒買一瓶好酒。」

我看見次多在我後面有點急不可耐的樣子，就打開瓶蓋，先喝了一口，然後給了次多。

次多喝了一口，回味了一番，然後慢吞吞地說：「真好喝，喝完這個，我也買個五十塊的。」

我說：「嗯，是很好喝，我在很多年前喝過一次這樣的好酒。」

次多突然說：「他們呢？他們怎麼沒來？」

我問：「誰們？」

次多說：「還會有誰們？就是每天跟咱們一起喝酒的那些人。」

我說：「哦，你是說他們啊，我也納悶今天他們怎麼沒來呢。」

次多就沒說什麼，繼續喝酒。

喝了幾口之後，我倆就到了小賣部的外面。

外面的陽光很好。陌生人站在陽光裡，看著前面的那棵歪脖子樹。

陌生人問：「為什麼這棵歪脖子樹上掛了那麼多東西？」

我說：「你可別小看這棵歪脖子樹啊，這可是一棵神樹，能給人帶來好運。」

陌生人說：「你看陽光照在這棵樹上多好看啊。」

次多說：「我們這裡的陽光每天都這樣。」

陌生人又說：「你們這裡的陽光比我們那裡好。」

次多說：「這裡的陽光不好，這裡的陽光把我們的臉都曬黑了。」

陌生人說：「曬黑了好啊，今天我要好好曬曬。」

我把酒遞給陌生人，說：「謝謝你讓我們喝上了這麼好的酒，你也喝一口吧。」

陌生人說：「我不喝酒，我從來就不喝酒的。」

次多對我說：「我們該去找卓瑪了吧！這麼好的生意哪裡去找啊！」

我說：「喝完這瓶再走吧，不喝點酒我提不起精神。」

我們又喝了幾口，我看次多的樣子也精神多了。

這時，次多的妹妹領來了一個抱著孩子的女人和一個瘸腿的女人，我突然想起她倆也叫卓瑪。

次多的妹妹直接走到陌生人面前說：「她倆都叫卓瑪。」

陌生人只是看了她們一眼就說：「不是我要找的。」

然後從口袋裡掏出兩百塊給了次多的妹妹。

次多的妹妹拿上錢，叫上兩個叫卓瑪的女人進了商店。

看著她們進去之後，我心裡有點想笑，但沒笑出來。

之後，又來了一個女人。那是個老女人。我記起她也叫卓瑪。

我有點拿不定主意地問陌生人：「老女人也算嗎？」

陌生人說：「什麼？」

我說：「叫卓瑪的老女人也算嗎？」

陌生人說：「只要是叫卓瑪的都算。」

我和次多一起跑向那個老女人，每人抓住她的一隻胳膊，拉向陌生人。

快到陌生人旁邊時，老女人把我倆甩開了。她自己走到陌生人跟前說：「你在找叫卓瑪的女人嗎？我就叫卓瑪。」

陌生人看著她。

我和次多趕緊說：「她確實叫卓瑪，雖然老了點。」

陌生人說：「不是我要找的。」

然後陌生人從口袋裡掏出一百塊，看著我和次多說：「這一百塊應該給誰？」

沒等我倆開口，老女人一把搶過錢說：「我就是為了這一百塊才自己走來的。」

我和次多看著她，陌生人也看著她，最後都笑起來了。

老女人把一百塊錢裝進口袋裡，指著那條不太寬闊的土路說：「哈哈，又一個卓瑪來了。」

一個中年男人和女人吵吵嚷嚷地朝這邊走來了。

中年男人徑直走到陌生人前面說：「是你在找叫卓瑪的女人吧？這個女人就叫卓瑪。」

陌生人趕緊拿出一百塊錢說：「給你，一百塊。」

中年男人說：「我不是為了一百塊來的，我是來求你把她給帶走的。我和她實在是過不下去了。你就把她帶走吧，我沒有任何條件。」

陌生人說：「她不是我要找的卓瑪。」

中年男人說：「你是不相信我嗎？那我給你看她的身分證。」

中年男人很快就從口袋裡掏出了身分證，雙手遞給陌生人看。

陌生人沒有接身分證，說：「我相信，我相信你。」

這時，中年女人也開口了：「從一歲起我就叫卓瑪了。我和他過了二十年，我實在是過不下了。你要是願意帶我走，你讓我做什麼我都願意。」

陌生人說：「我要找的真的不是妳。」

中年男人生氣了，說：「你真是個奇怪的傢伙！既然這樣，把那一百塊給我，還不如喝點酒讓自己醉一會兒呢。」

陌生人趕緊把錢給了他，說：「好好，拿去吧，拿去吧。」

中年男人拿著錢往小賣部裡走時，女人又從後面追過去和他打了起來，一直打進了小賣部裡。

之後，那個老卓瑪也進了小賣部。

次多不失時機地對我說：「咱倆趕緊去找卓瑪吧，再不找的話，錢都被別人賺走了，已經有六個卓瑪在小賣部裡了。」

在陽光下喝了幾口之後，我反而提不起精神了，心裡懶懶的不想動。我說：「你想賺錢你就去吧，我不去了，我現在感覺很舒服。」

次多也想了想說：「算了，喝酒。」

之後，我倆就坐下來喝酒。一瓶酒喝完了，次多又去買了一瓶一樣的酒。

這次我說：「這酒確實好喝。」

次多的臉上露出了笑。

一對父母帶著兩個小女孩朝這邊來了。

我倆坐在地上懶得起來，抬起頭對陌生人說：「又來了兩個卓瑪。」

陌生人等著他們過來。

父母模樣的兩個大人把兩個長得一模一樣的女孩推到陌生人面前說：「她倆是雙胞胎，都叫卓瑪。」

陌生人卻說：「她倆不是我要找的，謝謝你們。」

兩個女孩的父母顯得很失望，說：「你再仔細看看吧，一個也不是嗎？」

陌生人說：「不是，不是我要找的卓瑪。」

那對父母還想說什麼，陌生人已經掏出了兩張一百的，說：「拿去吧，這是你們應得的。」

後來，又來了幾個叫卓瑪的女人，胖的，瘦的，高的，矮的，老的，少的，靚的，醜的，什麼樣的都有。

陌生人沒有找到他要找的卓瑪，他口袋裡的錢卻少了不少。

這時，我和次多那些無所事事的夥伴們幾乎也到齊了，都興高采烈地喝起了酒。

我對陌生人說：「這麼多卓瑪都不是你要找的卓瑪，那怎麼辦啊？」

陌生人也顯得有點失落，說：「你知道已經來了多少個卓瑪嗎？」

我看見周圍全是卓瑪，就說：「我不知道，我得數數。」

我數了幾次，但每次數到十就數不下去了。我意識到自己有點醉了。

我就請一個高中畢業生來數。他是一個剛滿二十歲的小伙子，一直想上大學，考了好幾次都沒考上。他從小不喝酒，他是我們這裡最清醒的人。他的家裡給了他最後一次考大學的機會，他也承諾如果今年考不上，就老老實實地待在家裡，永遠不去想什麼上大學的事。

他很快就數了一遍。他說這裡有十九個卓瑪。

陌生人說：「不可能，你再數一遍。」

高中畢業生又數了一遍，有點生氣地說：「沒錯，就是十九個，連這個都數不好，我今年怎麼考大學？」

陌生人不說話了，看著我。

我實在想不起村裡還有什麼叫卓瑪的女人了。

我也問了我那些喝酒的夥伴們，他們也說想不起來。

我又問那些個叫卓瑪的女人們，她們也說想不起來。

我繼續喝酒。旁邊的女人們絮絮叨叨著，我聽不清她們在說什麼。

陌生人突然說：「小賣部的那個售貨員你們算了嗎？」

高中生說：「沒算，她不是我們這裡的人。」

我也趕緊說：「她也算嗎？她只是村長雇來的，不是我們這裡的人。」

陌生人說：「算，怎麼不算，只要她在這兒就算，還有這樣的人嗎？」

我想了想，很快說：「沒有。」

陌生人說：「肯定還有一個。」

那些喝酒的小伙子們都說：「沒有，沒有，真的沒有再叫卓瑪的女人了。」

那些叫卓瑪的女人也圍過來了，紛紛說：「真的沒有了，要有我們肯定知道。」

陌生人說：「肯定還有一個，你們再仔細想想吧，要是想到了就給你們三百塊錢。」

老卓瑪有點興奮地說：「我知道了。」

大家一下子鴉雀無聲了，看著老卓瑪。

老卓瑪故弄玄虛地笑了笑，不說話。

我有點著急地說：「說吧，你快說吧。」

老卓瑪這才說：「是不是咱們寺院裡供著的卓瑪的塑像呢？」

大家笑了起來，陌生人也笑了起來。

老卓瑪的臉一下子脹紅了，說：「你們笑什麼？」

陌生人說：「我要找的是活著的卓瑪。」

老卓瑪有點失望地說：「那我就真的想不起來了。」

陌生人看著大家說：「你們再想想，你們再想想，想出來了我給五百塊。」

男人女人們又使勁想了想，然後說：「沒有了，真的沒有了。你就是給一千塊也想不出來了。」

陌生人顯得有點失望，也有點失落。

我看著他的樣子，心裡有點憐憫起了他，想著該怎麼安慰安慰他。

這時，我想到了我們的村長。

我問大伙兒：「村長呢？咱們的村長呢？村長最清楚村裡的情況了，問問他就知道了。」

大伙兒就在人群中找村長，但是沒有找到。誰也不知道他去了哪裡。

我安慰似地對陌生人說：「你不要傷心，村長肯定知道，要是有什麼消息，我一定想辦法通知你。」

陌生人有點感動的樣子，說：「你是個好人。」

然後又看著大伙兒說：「你們都是好人。」

我看到大伙兒的臉上露出了笑。

然後，陌生人就進了小賣部。

我有點好奇，跟在了他的後面。

陌生人走到售貨員卓瑪跟前，說：「麻煩給我拿三瓶酒。」

售貨員卓瑪問：「什麼酒？」

陌生人說：「這裡最好的酒。」

售貨員卓瑪說：「五十塊一瓶，可以嗎？」

陌生人說：「可以可以。」

售貨員卓瑪說：「要幾瓶？」

陌生人說：「三瓶吧。」

售貨員卓瑪沒驗陌生人的錢是不是假錢，這讓我有點不高興。

我摸了摸我的口袋，那捲起來的五十塊還在，想著還能買一瓶好酒，就沒說什麼。

陌生人買了酒準備離開時，售貨員卓瑪問：「我一直等著一個人帶我離開這兒，今天見到你，我就覺得你就是要帶我離開這兒的那個人。剛才來了那麼多叫卓瑪的女人，我還有點擔心呢。我也不知道這個地方怎麼就有那麼多叫卓瑪的女人。」

陌生人站住，看了看她，說：「是嗎？」

售貨員卓瑪說：「你會帶我離開這兒嗎？」

陌生人說：「妳想走就走吧。」

售貨員卓瑪離開櫃台，過來挽住了陌生人的手臂。

陌生人看見了我，就把手裡的三瓶酒給了我，說：「拿去給大伙兒喝吧，謝謝大家。」

售貨員卓瑪想起什麼似地回到櫃台那邊，拿來一大包糖，給了我說：「拿去給那些女人們吃吧。」

我拿著三瓶酒和一大包糖，不知道該說什麼。

我們走出商店時，售貨員卓瑪鎖上大門，把鑰匙塞到我手裡說：「麻煩你把鑰匙交給村長，就說我離開這裡了，再也不回來了。」

我看著她，不知該說什麼，有點失落。

她又說：「差點忘了，告訴村長我拿了一包糖。」

然後她和陌生人就往前走了。人們好奇地看著他們離開。

看見我走過來，男人女人們七嘴八舌地問我：「這個陌生人是不是找到他要找的卓瑪了？」

我說：「我也不知道，也許吧。」

男人女人們紛紛說：「找到了就好，找到了就好。」

我提起三瓶酒對男人們說：「這三瓶酒是陌生人買給咱們喝的，想喝的就過來喝吧。」

又提起那一大包糖對女人們說：「這包糖是售貨員卓瑪買給女人們的，拿去吃吧。」

男人們開始掄起瓶子喝酒。

喝了酒後，每一個人都說：「好酒好酒。」

女人把剝了皮的糖放進嘴裡，瞇縫著眼睛仔細地品嘗著。

一個三十多歲的卓瑪說：「要是我被那樣一個陌生人帶走就好了。」

這時，人們看見村長慢吞吞地從上面的土路上下來了。

到了那棵歪脖子樹旁，過去把一條哈達繫在了上面。

村長的臉上洋溢著幸福的喜悅。

大伙兒都看著村長。

村長說：「大伙兒快祝福我吧，我家兒媳昨晚生了個小孩，母子平安無事。」

大伙兒恍然大悟似地說：「噢，原來是這樣啊，恭喜恭喜。」

村長從兜裡掏出一百塊給我說：「快去買瓶好酒和女人們愛吃的東西吧，我請客，大家高興高興。」

我從兜裡掏出小賣部的鑰匙說：「售貨員卓瑪走了，她讓我把鑰匙交給你。」

村長皺起眉頭說：「什麼？走了？」

我說：「走了，跟著一個陌生人走了。」

村長說：「真的走了嗎？」

我說：「真的走了，說再也不回來了。她還說她拿了一大包糖。」

村長在想著什麼。

這時，老卓瑪問村長：「生了個什麼？」

村長說：「生了個女孩。」

老卓瑪問：「叫個什麼？」

村長說：「跟妳一樣，也叫卓瑪。」

第九個男人

在遇見這個男人之前，雍措對所有的男人都失去了信心。

這個男人是雍措的第九個男人。

雍措的第一個男人是個僧人。那年，雍措十八歲。也不知怎麼回事，雍措就糊里糊塗地和那個男人好上了。雍措在村裡算是個美人兒，是村裡的小伙子們大獻殷勤的對象。雍措和那個男人好上之後，村裡的男女老少都大惑不解，說這世上的事兒真是誰也說不清道不明啊。

那個男人比雍措大兩歲，但對男男女女的事卻沒有絲毫的經驗。雖然雍措比那個男人小兩歲，但她在村裡聽了不少關於男男女女的事，已經多多少少有了一些經驗，而且對這方面懷有一種懵懵懂懂的嚮往之情。

在雍措的幫助下，兩個人在滿天星光下的草地上戰戰兢兢地完成了各自的第一次。

完事之後，雍措有些失落，覺得整個過程有些倉促，沒有期望中或者傳說中的那麼神祕。

完事之後，那個男人卻是一把鼻涕一把眼淚地哭了起來，像一個孩子。

雍措很內疚，因為自己的衝動讓一個持戒的僧人失戒了。

雍措想安慰幾句，卻不知該說什麼。

最後就說：「我是個罪孽深重的女人，我應該下地獄。」

那個男人卻緊握住她的手說：「我不是因為失戒而哭泣，我是因為這麼晚才體驗到這麼美好的感覺而哭泣。妳讓我知道了人生的美好，妳不會下地獄的，妳應該進入天堂。妳太好了，我要是早點遇見妳就好了。」

雍措把自己跟第一個男人的故事毫不隱瞞地講給第九個男人聽時，第九個男人微笑著說：「這就是世間男歡女愛的魅力，擋也擋不住。我也是因為這個才找到妳的。」

對於這類話，現在的雍措似乎有些麻木不仁，臉上沒有任何表情。

雍措的第二個男人是個被自己的女人拋棄的男人。

那個男人的女人跟著另一個男人跑了，但是那個男人心裡總是忘不掉這個女人，覺得自己是這個世界上最最孤獨的人。

雍措和那個男人的女人長得有點像，那個男人在孤獨的時候，總是來找雍措傾訴點什麼。雍措有兩根齊腰長的辮子，那個男人喜歡撫摸雍措的兩根長長的辮子。

雍措因為讓一個持戒的僧人還俗了，所以村裡人都罵她是一個不祥的女人，都咒她該下地獄。有時候雍措自己也這樣覺得。但是那個還俗的僧人對她是真心地好，她也就覺得很滿足，不去顧及那些個閒言碎語了。村裡人對那個還俗的僧人也是冷嘲熱諷，讓他覺得自己從一個很高的位置一下子跌到了一個很低的位置。後來，因為受不了這些，那個男人丟下雍措，悄悄地去了一個誰也不認識他的地方。

所以，當那個被自己的女人拋棄的男人來找她傾訴的時候，雍措的內心也正感受著深深的寂寞，就和那個男人在一起了。那個男人時常把雍措的名字叫成自己前一個女人的名字，這讓雍措心裡稍微有些不舒服。但那個男人對她很好，也就任他怎麼叫了。

正當雍措適應了那個男人對自己的稱呼，準備和那個男人好好過時，那個男人的前一個女人回來了。

那個女人很蠻橫，揪著雍措的兩根長辮子，在那個男人面前拉來拉去的，那個男人也只是看著，沒有任何行動。

雍措含淚走到那個男人面前，盯著他的臉看。

那個男人低下頭說：「我只是因為妳和她長得很像才找妳的，現在她回來了，我就要和她在一起。」

最後，雍措發現那個女人也有和自己一樣的兩根長辮子。

雍措把自己跟第二個男人的故事毫不隱瞞地講給第九個男人聽時，第九個男人憤怒地說：「這個男人真不是個東西！」

聽了第九個男人的這句話，雍措看了一眼他。

雍措的第三個男人是個做珊瑚項鍊生意的商人，他手裡有很多串像血一樣鮮紅的珊瑚。那個珊瑚商人喜歡把一串一串的珊瑚項鍊掛在自己的脖子上，在村子的小巷道裡竄來竄去的，嘴裡不時喊一聲：「買珊瑚項鍊嘍，買珊瑚項鍊嘍。」

對於村裡的女人們來說，擁有一串珊瑚項鍊是她們一生的夢想。在那個珊瑚商人喊著「買珊瑚項鍊嘍，買珊瑚項鍊嘍」的叫賣聲從自家門前經過時，總是忍不住從門縫裡偷偷地看上幾眼，或是跟在他的屁股後面走上一段路。

每當那個珊瑚商人出現在村子裡，每當那叫賣的聲音飄蕩在村子上空的時候，就是這個村子的男人們最最膽戰心驚的時刻。村子裡的男人們對那個珊瑚商人幾乎可以說是恨得咬牙切齒了。有幾個村裡最窮的男人甚至商量，在那個珊瑚商人還沒有進入村子前就打斷他的狗腿，讓他永遠都不能進入這個村子。但是平常那個珊瑚商人快要出現在村子裡的時候，這裡的男人們常做的一件事，就是把自己的女人打發到山上割草、放羊，或者做其他什麼活兒，總之就是想方設法，不讓女人們看見那個珊瑚商人，或是不讓女人們聽到他的叫賣聲。這樣，那個珊瑚商人在這個村子裡的生意也就可想而知了。

就是在這樣的時候，雍措遇見了那個珊瑚商人。

雍措自然也是被那個珊瑚商人的叫賣聲吸引的女人之一。每當那個珊瑚商人的叫賣聲在村子上空響起的時候，雍措就跑出去看那個珊瑚商人脖子上的珊瑚項鍊，心想要是那串珊瑚項鍊掛在自己脖子上該多好啊。

雍措雖然已經經歷了兩個男人，但這時候的她也不過二十歲，想擁有一串珊瑚項鍊的那種渴望，總是按捺不住地從她心底冒出來。

那個珊瑚商人看到她的樣子就問：「喜歡珊瑚項鍊嗎？」

雍措毫不掩飾地說：「喜歡！」

珊瑚商人說：「那就讓妳的男人來買吧。」

雍措紅著臉說：「我沒有男人。」

珊瑚商人說：「妳這麼漂亮的姑娘怎麼會沒有個男人？」

雍措的臉不紅了，說：「沒有。」

珊瑚商人想了想，指著自己脖子上的珊瑚項鍊說：「看看妳喜歡哪一串？」

雍措猶豫了一下，眼神在珊瑚商人脖子上的那幾串珊瑚項鍊上游移不定，最後指著其中的一串說：「喜歡這一串。」

珊瑚商人笑著說：「妳的眼光不錯啊，這是最好的一串。」

雍措說：「我就喜歡這一串。」

珊瑚商人說：「這一串項鍊上有三十顆珊瑚，個個都是上好的珊瑚啊。」

雍措不說話。

珊瑚商人看著雍措說：「妳拿什麼買我這三十顆上好的珊瑚呢？」

雍措還是不說話。

珊瑚商人瞇縫著眼睛說：「我看妳也是有幾分姿色的，這樣吧，妳陪我三十個晚上，這三十顆珊瑚的項鍊就歸妳了。」

雍措紅著臉不說話。

三十個夜晚之後，那三十顆珊瑚的項鍊就掛在雍措的脖子上了。

村裡的女人們對雍措是既羨慕不已又冷嘲熱諷，甚至在後面吐唾沫咒罵。

雍措把自己跟第三個男人的故事毫不隱瞞地講給第九個男人聽時，第九個男人鄙夷地說：「生意人沒有一個好東西，都是些奸商！」

聽了第九個男人的這句話，雍措又看了一眼他。

雍措的第四個男人是個卡車司機，他從村裡拉一些東西到城裡，又從城裡拉一些東西到村裡。自從那串珊瑚項鍊出現在雍措的脖子上之後，那些以前總是找各種機會往她耳朵裡灌甜言蜜語的輕浮小伙子們也不再找她了，看見她就遠遠地躲開，眼睛裡充滿鄙視的味道。村裡的女人們更是這樣，沒有一個主動和她說話的。

這時候雍措也多少有些理解她遇見的第二個男人經常說的那種孤獨的感覺了。她想來想去，最後覺得這些都是自己脖子上的這串珊瑚項鍊引起的。她把珊瑚項鍊拿下來仔細地看，仍然覺得很美，就又毫不猶豫地重新戴在了自己的脖子上。她這時候就強烈地渴望走出這個村子，去外面一個誰也不認識她的地方，就像她的第一個男人那樣。而且她也早就聽說外面的世界比這裡更大更美麗。

這時候她還想起了很多人都會唱的一首歌：

哎，呀，

天上駕起彩虹，

若是一座金橋呀，

我要走出大山，

去看外面的世界呀。

雍措想不起什麼彩虹和金橋，想來想去只能想到那個卡車司機。她覺得那個卡車司機是唯一能夠帶她走出這個四面環山的村子的人。

雍措找到那個卡車司機，把自己的願望告訴了他。

卡車司機盯著她脖子上的珊瑚項鍊不說話。

雍措說：「你別打這串珊瑚項鍊的主意。」

卡車司機又盯著她的臉看。

雍措說：「但是我會報答你的。」

卡車司機就讓她在天快亮時到村口等。

雍措的心裡有種莫名的激動，一夜都沒有合眼，很早就到了村口。

天差不多已經亮了時，卡車司機才開著卡車來了，卡車司機還是迷迷糊糊的樣子。

卡車司機拿出一個小瓶子，打開喝了一口。

雍措已經聞出了酒味，但還是問：「那是什麼？」

卡車司機說：「這是酒。」

說完又喝了一口。

雍措看著他沒有說話。

卡車司機說：「每次出門前，我就會喝兩口。」

說完就開動了卡車。

卡車上路之後，卡車司機就顯得格外地清醒，而雍措卻呼呼地睡著了。

等雍措醒來時，卡車停在了一個空曠的地方，四周被陽光強烈地照耀著，很刺眼，睜不開眼睛。卡車司機正在忙著脫她的衣服，準備要她。她也沒做什麼反抗，瞇著眼睛懶懶地躺在那裡，任由他擺布。

整個過程卡車司機都很仔細，到最後竟顫抖著聲音說：「妳是我遇見的所有女人裡面最漂亮的。」

雍措瞇縫著眼睛看了他一眼，覺得他的樣子很好笑，就問他：「你遇見過幾個女人？」

卡車司機依然顫抖著聲音說：「記不清了，記不清了，什麼都記不清了。」

雍措笑出了聲。

卡車司機的聲音還是顫抖著：「但是這輩子遇見妳這樣一個女人就夠了！」

卡車開到一個十字路口就停住了，卡車司機說：「這就是城裡了。」

雍措驚呆了，她從沒見過這麼多來來往往的人，這麼多把好幾輛卡車摞在一起似的高樓，就是在夢裡也從來沒見過。

雍措準備下車，卡車司機有些依依不捨地說：「跟著我吧，我可以每天帶妳到城裡，還可以帶你到不同的城市。」

雍措笑了笑說：「跟你在一起我不自在，覺得像是跟自己的叔叔在一起。」

卡車司機不說話了，臉上沒有了表情。

雍措從駕駛室裡跳下來，站在了十字路口。

卡車司機叫住她，盯著她脖子上的珊瑚項鍊說：「妳要小心啊。」

雍措把自己跟第四個男人的故事毫不隱瞞地講給第九個男人聽時，第九個男人輕描淡寫地說：「跟那個奸商相比，這個卡車司機還算是個老實人。」

聽了第九個男人的這句話，雍措似乎在想著什麼。

雍措的第五個男人是個英俊小子，他總是出現在這個小鎮的十字路口。那天雍措走出駕駛室，站在十字路口，用新奇的目光看著眼前的一切時，那個英俊小子就出現在她的面前。那輛卡車還沒有開走，司機看了一眼英俊小子，對著雍措說：「妳可要小心啊！」

英俊小子看了一眼卡車司機問雍措：「他是妳叔叔嗎？」

雍措說：「你怎麼知道的？」

英俊小子說：「看他像長輩一樣地關心妳呢。」

雍措看了一眼卡車司機對著英俊小子說：「嗯，你真聰明，他就是我叔叔。」

那輛卡車嗚地一聲就開走了，像是發出了一聲哀號。

雍措和英俊小子看著卡車屁股後面冒出的黑煙大笑。

英俊小子就站在十字路口給雍措講各種笑話，而且講的都是些高級的笑話。雍措平常在村裡聽到的都是些低俗的下流的笑話，聽了之後都羞得不敢笑出聲來。雍措從來沒有聽過這麼多高級又好笑的笑話，就毫無顧忌地開心地笑了起來。

來來往往的人們都用奇異的目光看著雍措。

雍措覺得奇怪，問英俊小子：「他們是在看我脖子上這串漂亮的珊瑚項鍊嗎？」

英俊小子看都不看雍措脖子上的珊瑚項鍊，說：「在城裡這樣的項鍊算不了什麼，幾乎每個女人都有一串。」

雍措仔細地看來來往往的幾個女人，之後又問：「那她們怎麼不把珊瑚項鍊戴在脖子上呢？」

英俊小子說：「對她們來說，那已經算不上什麼貴重的首飾了，所以她們都懶得戴，都放在家裡的櫃子裡，等生出小珊瑚來送給鄉下的窮親戚們。」

雍措驚奇地問：「你說珊瑚能生出小珊瑚？」

英俊小子這時才湊過來看了一眼雍措脖子上的珊瑚項鍊說：「我看妳這串就是城裡的大珊瑚生出來的小珊瑚。」

雍措顯得很失落。

英俊小子又安慰雍措說：「在小珊瑚裡面，妳這算最大的了。」

雍措問：「那他們笑我戴的是大珊瑚生的小珊瑚才這樣看我的嗎？」

英俊小子說：「不是，不是，他們那樣看妳是因為妳很漂亮。」

雍措似乎不相信英俊小子的話，看著來來往往的那些女人說：「可是我覺得這裡所有的女人都比我漂亮，她們的皮膚多白啊，像雪一樣白。」

英俊小子笑著說：「這裡所有的女人都沒有妳漂亮，跟妳相比，她們簡直就是那些個掛在屠宰場裡面的白晃晃的豬肉。」

雍措的臉紅了，不敢看那些來來往往的女人的臉。

英俊小子說：「妳看，這會兒妳更加漂亮了。」

這時有個警察走過來對英俊小子說：「嗨，你不能老是站在十字路口，光天化日之下和姑娘們調情啊，你這樣嚴重影響我的交通秩序。」

英俊小子說：「這是我的表妹，從鄉下來，我帶她出來開開眼界。」

警察嚴肅地說：「你再這樣擾亂交通秩序，我就把你拘起來。」

英俊小子說：「晚上我請你喝酒，黑貓酒吧見。」

警察也笑了，看了一眼雍措說：「快走吧，到時別忘了帶上你的表妹啊！」

黑貓酒吧在十字路口的不遠處，夜幕降下來之後，它就在街角的某個角落裡出現了。

雍措望著黑貓酒吧門口五顏六色的霓虹燈，覺得很新奇，問英俊小子：「這個房子怎麼白天沒有啊？」

英俊小子神祕地說：「這個城市就是這麼地具有魔幻色彩。」

雍措跟著英俊小子進去之後，更是驚呆了，問：「白天怎麼沒看到這麼多奇奇怪怪的人。」

英俊小子笑著說：「他們是另一個世界的人，只有晚上才出來。」

雍措以前聽說只有鬼才是晚上出來的，但又覺得那些人不像是傳說中的鬼。

英俊小子帶著雍措在一個昏暗的角落裡坐下之後，白天的那個警察就過來了，他還穿著那身制服，但已經沒有白天那麼威嚴了。

警察坐在對面說：「兄弟啊，你讓你表妹過來陪陪我啊，今晚我請客。」

英俊小子趕緊說：「表妹還小，表妹還小，等她長大些再陪你吧。」

警察說：「你這小子也太小氣了吧。」

英俊小子只是一個勁地說：「表妹還小，表妹還小。」

警察就轉向雍措問：「他真是妳表哥嗎？」

雍措使勁點了點頭。

警察說：「是表妹還帶她到這種地方，不像話！」

英俊小子說：「讓她開開眼界，開開眼界。」

警察要了很多啤酒，他們開始喝起來。

雍措剛開始覺得那東西特別特別難喝，根本喝不下去。但慢慢就覺得好喝了，而且覺得越來越好喝。

當雍措覺得那東西特別特別好喝的時候，就記不清發生的一切了。

雍措醒來時已經是第二天早晨了。她發現自己赤身裸體地躺在一張大床上，頭沉得像一塊石頭，抬也抬不起來。她努力地從床上抬起頭來時，發現自己的衣服胡亂地扔在地上。但是她脖子上的珊瑚項鍊不見了，她怎麼找也沒找到。

雍措跑到十字路口時，那個警察正在執勤。

雍措問警察：「英俊小子呢？」

警察笑著問：「噢，妳是說他嗎？」

雍措說：「是。」

警察還是笑著說：「他不是妳表哥嗎，我怎麼知道？」

雍措說：「我不認識他。」

警察說：「那你們昨天不是一直在一起嗎？」

雍措說：「我是昨天才認識他的。」

警察搖著頭說：「現在的這些年輕人啊！」

雍措說：「我的珊瑚項鍊不見了。」

警察說：「是真珊瑚嗎？」

雍措說：「是真的，英俊小子說那是城裡的大珊瑚生出來的。」

警察大聲地笑起來，說：「這小子真能編。」
雍措很著急，問：「他住在哪裡？」
警察停止笑，說：「妳找不到他了，他今早搭了一輛順車去了拉薩，早走了。」
雍措哭了，說：「那你幫我把他找回來。」
警察說：「我是個交通警察，我管不了這個。」
雍措還是哭著，一些人也圍上來看她，警察就有點緊張地勸她回去。
警察嚴肅地站在十字路口給雍措指了一條路，雍措就沿著警察指的方向回去了。
雍措把自己跟第五個男人的故事毫不隱瞞地講給第九個男人聽時，第九個男人咬牙切齒地說：「可惡啊可惡，那些個街上的小混混就是那樣花言巧語地騙取一些個小姑娘的心的！」
聽了第九個男人的這句話，雍措似乎在回想著什麼。
雍措的第六個男人是個放羊娃。說是放羊娃，可已經不小了，過了而立之年，仍是光棍一條，村裡人還是習慣稱呼他為放羊娃。
放羊娃是個孤兒，從小為村裡人放羊一直到現在。和他年齡相仿的小伙子們都已經成家立業，也沒人幫他說個媳婦什麼的，還是替別人放著羊。那些跟他一般年齡的姑娘們平時也只是對他冷嘲熱諷，懶得跟他說上兩句調皮的或者調情的話。慢慢地放羊娃成了一個沉默寡言的人。

雍措沿著警察指的方向就走回了家鄉。她路上沒有吃到一口飯，就在快要昏倒時，遇見了正在山坡上放羊的放羊娃。

雍措看見放羊娃向自己走來就放心地昏倒了，之前她是一直堅持著不讓自己昏倒的。

放羊娃把自己水壺裡的水往雍措的嘴裡灌，但又不敢看她的臉。

雍措醒來之後就對著放羊娃笑了，放羊娃第一次看到一個漂亮女人這樣對著自己笑，有點暈乎乎的感覺，不知道該怎麼辦。

雍措也知道放羊娃的事情，但是沒想到自己會這樣躺在放羊娃的懷裡。總之，遇見一個自己熟悉的人，她甚至覺得有點感動。

放羊娃拿出自己的乾糧讓雍措吃。

雍措狼吞虎嚥地吃，到最後才發現她把所有的乾糧都吃完了。放羊娃挨了一天的餓，但是他沒有感覺到絲毫的餓。這讓雍措有點內疚，覺得不該那樣把人家的乾糧全吃掉。但是放羊娃覺得這天自己很幸福。

夕陽西下的時候，放羊娃趕著羊群，背著雍措往回走。

到了村口，放羊娃猶豫不決地問：「妳要去哪裡，我背妳去。」

雍措想了想，說：「就到你住的地方吧。」

放羊娃背著雍措站著不動。羊群都走很遠了，他還是不動。

雍措說：「你不想帶我去嗎？」

放羊娃又開始走了，慢慢地跑起來，趕上了羊群。

晚上，在放羊娃簡陋的屋子裡，雍措主動把自己給了放羊娃。

之後，放羊娃像是在舉行一場儀式似的對著雍措磕了三個頭，一臉嚴肅地說：「對我來說，妳就是我的白度母啊！」

雍措笑了，說：「你怎麼拿我一個平常人跟神比較，這樣是有罪過的。」

放羊娃又對著雍措磕了三個頭，沒有說話。

雍措說：「現在我沒有了那串不該有的珊瑚項鍊，我就和村裡其他女人一樣了。」

放羊娃說：「妳比她們都漂亮，妳戴著那串珊瑚項鍊更漂亮。」

雍措說：「我戴著那串珊瑚項鍊時你沒有嫌棄我嗎？」

放羊娃說：「我一直把妳當作一個女神。」

從此之後，雍措就和這個放羊娃住在一起了。

村裡的小伙子們對放羊娃投去了豔羨的目光，村裡的女人們則向雍措投去了更加鄙夷的目光。

放羊娃放羊回家吃完飯做的第一件事情，就是給雍措洗腳。他洗腳洗得很仔細，這讓雍措覺得很愜意。臨睡前還要對著雍措磕三個頭，剛開始雍措很不適應這個，總是想方設法地躲開，但漸漸地適應了，一副無所謂的樣子。

但之後到天快亮的時間是雍措最最無法忍受的。也不知道這個放羊娃哪來的這般旺盛的精力和旺盛的欲望，一到這個時候就變得像個野獸一樣，變得興致勃勃起來，至少也要和雍措來上那麼六次才肯罷休，每天晚上都是如此。

這樣，放羊娃白天去放羊就不是放羊了，而是把羊趕到山上之後自己睡大覺，他經常只是在夢裡放羊。有幾隻羊被狼咬死了他也不知道。請他放羊的人家知道這個情況後，也不再對他百分之百地放心了，有一些人家從他手裡收回了羊。

剛開始，雍措覺得這樣的生活也是人生的一種享受，因為之前遇見的男人們從來沒給過她這種酣暢淋漓的快感。但過去了大概半個月之後，就覺得這種生活太恐怖了，一到夕陽西下的時候，就會莫名其妙地惶恐不安，擔心夜裡要發生的一切。

過了一個多月，雍措就再也堅持不住了，想方設法地離開了這個精力旺盛、欲望充沛的放羊娃。

雍措把自己跟第六個男人的故事毫不隱瞞地講給第九個男人聽時，第九個男人笑著說：「有些個男人天生就是一副欲火中燒的樣子啊！」

聽了第九個男人的這句話，雍措似乎很茫然。

雍措的第七個男人在這個村裡算是一霸，喜歡說話之前先動手，大家都叫他霸男。村裡的女人們都不喜歡他，村裡的男人們又都多少有些怕他。之前，在一些場合，他也向雍措說過一些赤裸裸的男歡女愛的話，但從來沒被雍措放在心上。

在不堪忍受那個放羊娃的折騰之後，雍措就想到了霸男。她覺得現在只有他能把她從放羊娃手裡救出來。

放羊娃出去放羊之後，雍措找到了霸男。

雍措說：「你把我從放羊娃手裡救出來，我就做你的女人。」

霸男奇怪地說：「妳和放羊娃不是像夫妻一樣恩恩愛愛地生活著嗎？怎麼說要把妳救出去？不至於吧？有這麼嚴重嗎？」

雍措就把事情的經過給霸男說了一遍。

霸男聽了似乎也驚呆了，自言自語似地說：「沒想到這狗東西有這麼旺盛和充沛的精力！」

夕陽西下時，雍措帶著霸男等在放羊娃的門前。

放羊娃看上去有點弱不禁風的樣子，霸男看見他就笑。

放羊娃就問霸男：「你笑什麼？」

霸男不說話，依然看著他笑。

放羊娃覺得沒趣，就看雍措。

雍措手裡已經提著一個小包，鼓起勇氣說：「我要離開你。」

聽到這話，放羊娃吼了一聲就跑上來搶雍措手上的包。霸男一腳把他踢了個仰面朝天。

他又爬起來撲向雍措，又被霸男踢開了。

踢開放羊娃之後，霸男開口了：「雍措已經是我的女人了，她已經和我睡過了，睡得酣暢淋漓，以後你再糾纏她，我就打斷你的狗腿！」

雍措驚奇地看霸男的臉，霸男看著她壞笑。

放羊娃看了一眼雍措就大聲地哭了起來，哭得雍措也很不自在。

霸男帶著雍措要離開時，放羊娃猛一下撲過來抱住了雍措的腿，請求她不要走。

雍措心裡生起一些憐憫，有點不忍心離開。這時，霸男踢開放羊娃，拽著雍措走了。走出很遠還能聽見放羊娃哭泣的聲音。

雍措離開放羊娃之後，聽說放羊娃每天都丟幾隻羊，到最後村裡人不讓他放羊了。雍措有幾次想去安慰安慰放羊娃，但到最後還是沒去。

霸男雖然有著強壯的體格，暴躁的脾氣，但到了晚上卻是個無能的傢伙。這是雍措萬萬沒有想到的。霸男越是暴露出自己的無能，就越是拿雍措撒氣。

沒過幾天，雍措就變得鼻青眼腫了，根本看不出曾經是一個美女。

雍措決定離開霸男，離開的方法就是威脅霸男，說要把他晚上無能的祕密告訴全村的小伙子們和姑娘們。

聽了雍措的威脅，霸男一下子洩氣了。他反而求起了雍措，甚至還有些哭哭啼啼的樣子，這也是雍措萬萬沒有想到的。最後霸男還說，只要她不把這個祕密說出去，以後就是離開了他，他也可以隨時隨地保護她。

雍措就這樣順利地離開了自己的第七個男人，沒有任何的牽絆。

雍措把自己跟第七個男人的故事毫不隱瞞地講給第九個男人聽時，第九個男人說：「有些個男人就是這樣，表面強壯，內裡虛弱。」

聽了第九個男人的這句話，雍措似乎也在思考這個問題。

雍措的第八個男人是村裡一個本分人家的老實巴交的獨生子。

獨生子年老的父母問獨生子：「你願意讓雍措做你的女人嗎？」

獨生子說：「我怕她不願意啊！」

獨生子的父母說：「她已經不是過去的雍措了，正愁著沒處去呢。」

獨生子就笑了。

獨生子的父母又問：「你願意讓雍措為咱們生個兒子嗎？」

獨生子說：「願意，這個兒子生出來一定像雍措一樣很漂亮。」

這樣，雍措就成了這一家人的兒媳婦。

幾個月之後，雍措的肚子就隆起來了，全家人看著她隆起的肚子幸福地微笑。

又過了幾個月，孩子生下來了，像這家人一直都期望的那樣是個男孩。但剛生下來不久，孩子就死了。

又過了一個月，雍措就離開了這家人，這家人沒再留她。

雍措把自己跟第八個男人的故事毫不隱瞞地講給第九個男人聽時，第九個男人說：「可惜啊，差點就做成一個母親了，可做了母親又有什麼呢？」

聽了第九個男人的這句話，雍措平靜地說：「這些就是我經歷過的所有男人，也許你已經從別人的嘴裡聽說過了。」

第九個男人也平靜地說：「我在乎的只是妳這個人，我從沒向什麼人打聽過妳的過去。」

雍措似乎有些感動，說：「你真的不在乎我過去的這些經歷嗎？」

第九個男人想都不想地說：「我說過我在乎的只是妳這個人。」

雍措說：「你能發誓不再提起這些事嗎？」

第九個男人說：「我發誓。」

第九個男人是另一個村莊的小學老師，戴著一副眼鏡。他發誓的樣子很莊重，雍措看著都有些想笑。

新年開始的第一天，雍措就和這個男人生活在一起了，男人還帶著雍措去鄉政府領了結婚證書。

男人把結婚證放在他倆的床頭上，每次房事之前總要看上一眼對著雍措說：「我們就要開始一種新的生活了！」

雍措也呢喃著：「我們已經開始一種新的生活了。」

前四個月他們的生活可以說很美滿，左鄰右舍都說年底可以把他倆評選為模範夫妻。雍措不懂什麼叫模範夫妻，鄰居的一個老太婆給她解釋了好半天，也沒有弄明白是什麼意思。

到了晚上，雍措問自己的男人：「模範夫妻是什麼意思？」

男人說：「就是天底下最好的兩口子啊。」

雍措說我終於懂了，臉上漾起幸福的笑。

學校老師們有個每月一次的聚會，前四個月男人都沒去參加，留下來陪雍措。到了第五個月，聚會的時間又到了，幾個老師硬是把雍措的男人也給拽去了。

半夜時候，男人醉醺醺地回來把熟睡的雍措搖醒，惡狠狠地說：「那些僧人一出家，就該把他們那玩意兒像太監一樣給閹割掉！」

說完便倒頭睡著了，而雍措卻整夜都失眠了。

第二天，看著雍措的樣子，男人問：「昨晚我沒說什麼吧？」

雍措搖了搖頭。

男人說：「沒說就好，都是酒給鬧的，以後再也不喝了。」

第六個月的教師聚會之後，男人又醉醺醺地回來說：「我過去認識的一個女人，也有和妳一樣的兩根長長的辮子。」

半夜還喊出了一個陌生女人的名字。

第二天，男人醒來後想了半天，說：「昨晚我是不是說了什麼？」

雍措搖了搖頭。

男人說：「這酒啊，以後確實是不能喝了。」

第七個月的教師聚會之後，男人照舊喝了酒，回來說：「年底我發了獎金，咱們也買一串真正的珊瑚項鍊，就把它裝在箱子裡，讓它生出一些小珊瑚，送給妳那些鄉下的窮親戚。」

第二天早晨男人問雍措：「我昨晚是不是答應給妳買什麼東西了？」

雍措搖搖頭，不說話。

男人說：「我一直想著要給妳買一塊不用上發條的自動手錶的，到年底我湊夠錢我就買給妳。」

第八個月的教師聚會之後，男人又醉醺醺地回來說：「等以後咱們有錢了，咱們就坐飛機去一趟大城市，坐飛機去了大城市才算是真正去了城市呢。」

雍措看著這個男人，讓他在床上躺下來，自己則坐到了天亮。

第二天早晨男人問：「我是不是又提上次答應妳的買自動手錶的事了？放心吧，我已經湊了一些錢，到了年底手錶一定要買。」

雍措說：「我不要什麼自動手錶，你只要不喝酒就好。」

男人說：「這個一定要買，一定要買。」

第九個月的教師聚會之後，男人喝得更醉了，一回來就抱住雍措要親熱。

雍措有點不願意，男人就問：「妳是擔心我喝醉了明早不記得和你親熱過的事嗎？每次喝醉之後和妳親熱的過程我都記得一清二楚。」

雍措似乎癱掉了，沒有覺察到男人已經進入了自己的身體裡面。男人在上面揮汗如雨，呼哧呼哧地喘著粗氣，突然間從她身上爬下來，倒在一邊像頭豬一樣地睡去了。

雍措聽著男人打呼嚕的聲音，開始在黑暗中流出了淚。

第十個月的教師聚會之後，男人醉得更不成樣子，幾乎是爬著進了屋子。

他看見雍措不假思索地說：「我是真心地喜歡妳啊，可我一個堂堂正正的人民教師連個放羊娃都不如啊，連個放羊娃都搶在我的前頭了。」

雍措給他灌了一壺茶，讓他睡下了。

第二天早晨，雍措看著醒來的男人的臉說：「你之前發誓不再提以前的事的。」

男人很響亮地打了自己一個耳光，說：「我真是個混蛋！」

雍措說：「你不必那樣，我真正把心交出去的男人只有你。」

男人再次打了自己一個耳光，再次地發了誓。

生活還在繼續著，雍措和男人間的話卻越來越少了。

第十一個月的教師聚會之後，幾個年輕力壯的老師把男人架進了屋裡，他們的後面跟著老校長。老校長埋怨說：「你這是怎麼了，以前很少喝酒，現在倒喝得越來越凶了，你這是怎麼了？」

男人含含糊糊地說：「我是高興啊！你們不知道我心裡有多高興！」

雍措站在一邊看他。

男人看了一眼雍措，對著老校長說：「老校長，咱們學校你的身體最強壯，我們老師們都很怕你啊。可是我聽說你在家裡卻害怕你的老婆，這是真的嗎？你是不是有什麼把柄在你老婆手裡啊？」

老校長莫名其妙，很生氣地走了。

雍措也沒有理他，他自己就上床睡下了。

第二天互相也沒提昨晚的事，就像是沒有發生過什麼事一樣。

過了幾天，男人笑嘻嘻地看著雍措的肚子說：「咱們結婚這麼長時間，我看你的肚子也沒什麼動靜啊！」

這時，雍措哭了起來。

男人忍不住過來安慰她，說：「不急，不急，咱們慢慢來，今年不行，咱們明年再讓它慢慢鼓起來。」

雍措哭著說：「我對你隱瞞了一件事。」

男人說：「什麼事？」

雍措哭著說：「我對你只隱瞞過一件事。」

男人說：「什麼事？快說吧。」

雍措繼續哭著說：「那次的生育之後，醫生說我以後再也不能生孩子了。」

男人半晌不說話。

過了很久才說：「沒事了，我說過我在乎的只是妳這個人。」

雍措抱住男人，流出了很多淚水。

第十二個月的教師聚會被他們挪到了那一年的最後一個晚上。

男人也去參加了，回來時也是喝醉了酒。

雍措很殷勤地伺候著男人。

雍措想，她和這個男人在一起生活一年了。這時候，她有一點幸福的感覺。

男人在雍措的呵護下睡著了，雍措卻一直在旁邊等著他醒來，想告訴他一些話。

半夜過後，男人突然坐起身對著前面某個空盪盪的地方說：「我為什麼不是那第八個男人，而是第九個男人啊，我如果是那第八個男人，我這會兒也許就有一個兒子了！」

說完又倒頭睡著了，似乎剛剛說出的話是在夢裡說出來的。

第二天，男人醒來時，發現旁邊的床頭櫃上整齊地放著兩根長長的女人辮子。

他一下子認出那是雍措的頭髮。

腦海中的兩個人

很多年了，村裡人都說阿媽冷措的腦子壞掉了。

阿媽冷措一年只換兩次衣服。從夏天到秋天，她總是穿著一件厚厚的皮襖，把自己裹得嚴嚴實實的，生怕有一絲涼風從袖口或領子裡溜進來。

人們看著她的樣子總是笑呵呵地問她：「阿媽冷措，妳穿成這樣你不熱嗎？」

她也笑呵呵地說：「我一點也不熱，這件皮襖讓我感覺很舒服。」

有些人搖著頭，有些人哈哈地笑。

到了冬天，她就把那身皮襖脫下來，穿上人們在夏天穿的衣服，會一直穿到春天。

這時候，人們看著她的樣子又會笑呵呵地問：「阿媽冷措，妳穿成這樣妳不冷嗎？」

她也是笑呵呵地說：「我一點也不冷，這件襯衫讓我感覺很舒服。」

結果也是有些人搖著頭，有些人哈哈地笑。

冬天裡，她就穿一件薄薄的襯衫。有人回憶說，那件襯衫開始時是一件白色的「的確良」襯衫。過了兩年就看不出是什麼顏色，也看不出是什麼布料做的。到後來就越來越破，更看不出是什麼顏色、什麼布料了。

一年冬天，鄉上的幹部到村裡檢查工作，看到阿媽冷措穿成那樣，就把村長給狠狠地批評了一番，說：「這個老人沒人管嗎？」

村長說：「她沒有兄弟姐妹，沒有子女子孫，她在這裡什麼也沒有。」

鄉上的幹部張著嘴巴乾愣了一會兒，然後問：「怎麼可能呢！她連個親戚也沒有嗎？」

村長說：「沒有，確實沒有。」

鄉上的幹部說：「你看她冬天都穿成這樣，你們村委會也不管管嗎？」

村長說：「我們也管啊，我們也經常給她些吃的什麼的，但我們村委會也不能把她當娘伺候著啊。」

鄉上的幹部說：「你們真可以啊你們！」

村長低著頭不說話。

鄉上的幹部就說：「好好好，一個這樣孤苦伶仃的老人，你們村裡不管，我們鄉上管！」

那天，鄉上的幹部也沒吃村長家鍋裡已經煮好的手抓羊肉，氣呼呼地走了。

幾天後，阿媽冷措就成了村裡唯一的五保戶。

成為五保戶的阿媽冷措還是沒有改掉她一年只穿兩次衣服的習慣，而且夏天秋天時穿得更厚了，冬天春天時穿得更薄了。

這樣，後來鄉上的幹部來村裡檢查工作時，村長就把阿媽冷措鎖在她家的黑房子裡，派兩個小伙子在門口守著。

鄉上的幹部問起阿媽冷措的情況，村長笑嘻嘻地說：「她很好，她很好，黨的政策讓她冬天穿上了溫暖的厚衣服，夏天穿上了涼快的薄衣服。」

鄉上的幹部很高興，說：「下次來時，你帶我去看看她老人家。」

村長一個勁地說：「好好，一定一定。」

鄉上的幹部就表揚村長的工作做得好。

村長謙虛地說：「哪裡哪裡，這是我們應該做的。」

這次，鄉上的幹部留下來吃了村長家鍋裡的手抓羊肉，還和村長一起喝掉了會計提來的兩瓶好酒。

鄉上的幹部一走，村長就讓兩個小伙子把阿媽給放了出來。

阿媽冷措瘋瘋癲癲地衝出那間黑房子，嘴裡胡亂喊著什麼，在村裡跑來跑去的，鬧了三天三夜。

村裡一些見多識廣的老人對村長說：「阿媽冷措這個樣子，咱們得請個活佛看看才是啊。」

村長一臉嚴肅地說：「你們也是經歷過風風雨雨的人了，怎麼還這麼不覺悟！我是個黨員，我不能參與這樣的事，但是我也不能反對你們那樣做，因為黨提倡宗教信仰自由。」

幾個老人心領神會了似地點點頭。

他們派其中的一個老人去跟阿媽冷措談這事。

老人發現阿媽冷措平常繞在自己手腕上的那串念珠不見了，覺得有蹊蹺，就問：「阿媽冷措，妳手腕上那串祖傳的紫檀香念珠呢？」

阿媽冷措想了想，突然說：「那串念珠被我家的老鼠吃掉了。」

老人說：「什麼？被老鼠吃掉了？」

阿媽冷措掰著手指數了數，說：「吃掉已經好多天了。」

老人驚訝地望著她的臉。

阿媽冷措說：「自從我家那隻黑貓被那隻老鼠吃掉之後，那隻老鼠就突然變大了，比原來的貓還大呢。」

老人更加驚訝地望著她。

阿媽泠措卻傷心地說：「那串念珠是被那隻老鼠一粒一粒地吃掉的，吃一粒念珠牠就長大一點點，最後牠把那串念珠的線也給吃掉了。」

老人自言自語似地說：「看來是時候帶她去活佛那裡看看了。」

阿媽泠措一臉迷惑的樣子，說：「活佛？」

老人說：「是，活佛。」

阿媽泠措似乎還在想著什麼。

後來，老人們在村裡幾個身強力壯的小伙子的幫助下，把阿媽泠措帶到了寺院的活佛跟前。

活佛看著阿媽泠措的樣子，閉著眼睛蠕動嘴唇念了一會兒經，然後說：「都是前世造下的孽啊，誰也改變不了。」

老人們期望的眼神頓時黯淡了許多。

阿媽泠措看著活佛的臉說：「你是誰來著，我好像在哪裡見過你啊？」

老人和小伙子們摁住阿媽泠措的頭準備讓她給活佛磕頭。

活佛卻揮了揮手，示意他們把阿媽泠措放開。

阿媽泠措被放開後，也安靜下來了。

活佛從佛龕裡拿出一根護身符，給了旁邊年長的老人，說：「回去把這個戴在她的脖子上吧，也許還有點管用。」

之後，人們就看見阿媽冷措的脖子上戴著一根紅色的護身符。無論季節怎麼變換，也沒有離開過她的脖子。

快到冬天時，天氣突然變冷了，人們早早翻出壓在箱底的厚厚的棉襖，穿在了身上。阿媽冷措也換上了那件薄薄的襯衫，那件襯衫的一隻袖子不見了，只剩下另一隻袖子。天氣雖然很冷，阿媽卻光著腳丫子在村子裡跑來跑去，乾脆連鞋子也不穿了。人們遠遠地看著阿媽，不無擔憂地說阿媽冷措的腦子可能更壞了。

冬至這天天氣出奇地寒冷，村子裡都不見一個人，人們都躲進屋裡不出來。

阿媽冷措卻出來了。

她赤腳一瘸一拐地走在村間的小路上，抬頭看看天。

天陰沉著，一塊一塊的烏雲在天空裡擁擠著，讓人透不過氣來。

阿媽冷措就說：「啊，天空怎麼不見了呢？」

一個中年男人，猥瑣地站在自家的牆根，只穿著一件單衣，瑟瑟發抖著，遠遠地說：「天空被烏雲吃掉了。」

他家的院牆很高，他在院牆根前顯得很小。

阿媽冷措說：「你怎麼看著那麼小啊？」

中年男人說：「妳走近點我就變大了。」

阿媽冷措走近他，說：「有道理，你現在果然變大了。」

中年男人嘻嘻地笑了，他笑的樣子有點呲牙裂嘴。

阿媽冷措害怕似地往後退了退，看著他說：「你笑的樣子怎麼有點像狼？」

中年男人說：「我要是能像狼那樣笑就好了。」

阿媽冷措看了看天，說：「噢，我知道了，原來是那幾塊烏雲在笑，那幾塊烏雲長著狼的牙齒呢。」

中年男人看看天，又看看阿媽冷措，往牆根退了退，不說話。

阿媽冷措大聲地笑起來，說：「那些烏雲就要張開大口來吃我們了，一口就把我們全村人吞掉了。」

中年男人說：「阿媽冷措，妳沒有發燒吧？」

阿媽冷措說：「我沒有發燒。」

中年男人說：「那妳的臉怎麼那麼紅潤啊？」

阿媽冷措說：「我只是熱得不行。」

中年男人看著阿媽冷措的臉說：「妳為什麼熱得不行了？」

阿媽冷措想了想說：「我出門時喝了羊頭熬的湯，那湯真鮮啊！」

中年男人問：「妳哪來的羊頭熬湯喝？」

阿媽冷措嘻嘻地笑著說：「我偷的。鄰居家昨天宰了羊，把羊頭掛在門口的柱子上，我就偷來剝了皮熬湯喝了。」

中年男人就笑了起來。

阿媽冷措說：「我看你冷得發抖，你也去喝一碗吧，我家的鍋裡還有很多呢。」

中年男人說：「我就不喝了，留著妳自己喝吧。」

阿媽冷措說：「我當然要喝，我要全部喝完，夠我喝個十五天呢。」

中年男人說：「等我家宰羊了，我也把羊頭給妳熬湯喝。」

阿媽冷措笑著說：「這樣我就能喝上三十天的羊頭湯了。」

中年男人哈哈哈地笑起來。

阿媽冷措突然說：「你不要笑，烏雲又咬了一口天，咬掉了一大塊呢。」

中年男人一下子停止了笑，看著阿媽冷措。

阿媽冷措一臉詭異地說：「你沒聽到嗎？我聽到『咔嚓』一聲響，那就是狼咬住羊脖子時的聲音。」

中年男人有點害怕地看了看天，又把耳朵對著天上仔細地聽。

他似乎什麼也沒有聽到，就用手拍了拍耳朵，繼續對著天空聽。

阿媽冷措問：「你在幹什麼？」

中年男人說：「我在聽烏雲咬掉天空的聲音啊。」

阿媽冷措笑了笑說：「只咬了一口就不咬了，現在不咬了。」

中年男人說：「怪不得我聽不到呢。」

阿媽冷措說：「等會再咬的時候我就提前告訴你。」

中年男人說：「怎麼，妳還提前知道什麼時候烏雲要咬天嗎？」

阿媽冷措說：「我知道。」

中年男人問：「妳怎麼知道的？」

阿媽冷措說：「我也不知道。」

中年男人就盯著阿媽冷措看，一臉怪異。

阿媽冷措說：「你不要看我。」

中年男人問：「怎麼了？」

阿媽冷措說：「你這樣看我，就像一個男人看著一個女人。」

中年男人笑笑說：「難道我不是一個男人嗎？我現在就是一個男人看一個女人啊。」

阿媽冷措說：「我不是這個意思，我記起來了這是什麼樣的看了，就好像是很多年前我的男人看我時的樣子。」

中年男人笑了笑，走到阿媽冷措面前說：「好好，我不看妳了，現在妳看我吧。」

阿媽冷措說：「我也不那樣看一個男人的臉。」

中年男人也不理她，說：「妳知道我是誰嗎？」

阿媽說：「我不知道你是誰。」

中年男人說：「我跟妳是同一個村莊的。」

阿媽說：「我不知道。我一個人也不認識。」

中年男人說：「說起來我和妳還沾一點親呢。」

阿媽說：「我不知道。」

中年男人說：「我的阿爸的阿媽的阿媽的妹妹和妳的阿媽的阿爸的阿爸的哥哥聽

說是同父異母的姐弟呢。」

阿媽冷措說：「我不知道。」

中年男人說：「錯不了，老人們在時經常這樣說。」

阿媽冷措說：「我連我阿爸的名字也不記得了。」

中年男人問：「那妳的阿媽的名字呢？」

阿媽冷措說：「我也不記得了。」

中年男人說：「哼哼，妳真是奇怪的人。」

阿媽冷措說：「我不是奇怪的人，我只是忘了很多事。」

中年男人說：「妳連自己阿爸阿媽的名字都記不得了，妳還不是奇怪的人嗎？」

阿媽冷措的身體瑟瑟發抖，詭異的神色又爬滿了她臉上的皺紋裡。她做了一個讓他停下說話的手勢，壓低嗓門說：「快點快點，烏雲就要咬天空了。」

中年男人也停下說話，用手拍了拍耳朵，把耳朵對著布滿烏雲的天空。

中年男人這個姿勢保持了一分多鐘。

阿媽冷措說：「這次你聽到了吧？這次的『咔嚓』聲比上次還大。」

中年男人站直身體，失望地說：「什麼？已經咬掉了嗎？」

阿媽冷措說：「已經咬掉了，咬掉的比上次還大呢，還流了很多血呢。」

中年男人臉上失望的表情更重了，說：「看來我是沒有這個天賦了。」

阿媽冷措說：「我看你冷得臉都跟豬肝一樣了，你怎麼就跑到外面來了呢？」

中年男人的臉上就露出了悲傷的表情，只吐出一個字：「哎。」

阿媽冷措說：「鑽在家裡多好啊，你看今天這個天氣外面一個人也看不見，連個小孩也看不見。」

中年男人嘆了一口氣說：「哎，我被老婆趕出了被窩。」

阿媽冷措嘻嘻地笑了。

中年男人說：「妳看我心情不好，妳怎麼還笑我？」

阿媽冷措說：「我不是笑你，我也做過那樣的事。」

中年男人說：「妳知道我的老婆是誰嗎？」

阿媽冷措說：「我不知道。」

中年男人說：「我老婆曾經是這一帶最漂亮的女人。」

阿媽冷措說：「你是個有福氣的男人。」

中年男人說：「聽老人們說，妳曾經也是個美女噢。」

阿媽冷措嘻嘻地笑著說：「什麼叫曾經是個美女，我現在也是個美女啊。」

中年男人連連說：「是是，是是。」

阿媽冷措就又嘻嘻地笑。

中年男人搖著頭說：「我很後悔娶了這樣一個漂亮的女人做老婆。」

阿媽盯著他說：「娶到一個漂亮女人就不能那樣想。」

中年男人看了看天，有點沒話找話地說：「妳說烏雲還會咬天空嗎？」

阿媽冷措也看了看天，說：「看來不會了，天空有點忍不住了。」

中年男人莫名其妙地說：「什麼忍不住了？」

阿媽冷措說：「過會兒你就知道了。」

中年男人沒再繼續關於天空和烏雲的話題，看著阿媽冷措說：「還是說說妳吧，妳說妳什麼都不記得了，那妳還記得什麼？」

阿媽冷措說：「我什麼都不記得了。」

中年男人說：「妳不是還記得兩個人嗎？」

阿媽冷措說：「噢，你是說那兩個人啊？是啊，是啊，我只記得那兩個人。」

中年男人說：「為什麼妳就只記住了那兩個人呢？」

阿媽冷措說：「我也不知道，只有那兩個人留在了我的腦海裡，那兩個人是世上最美好的兩個人。」

中年男人顯得無精打采，卻又繼續問：「那兩個人是誰？」

阿媽冷措的眼裡閃著一絲光，說：「我的男人和我的兒子。」

中年男人問：「你還記得妳男人和妳兒子的名字嗎？」

阿媽冷措的臉更紅了，說：「記得記得，當然記得，怎麼會不記得呢？」

中年男人說：「那就說說他們的名字吧。」

阿媽冷措說：「我的男人叫交巴太。我的兒子叫尼瑪太。我兒子的名字是我男人起的。」

中年男人問：「他們的名字妳怎麼記得那麼清楚？」

阿媽冷措說：「不知道。」

中年男人說：「妳真是個奇怪的老東西！」

阿媽冷措嘻嘻地笑著。

中年男人像是突然發現了什麼似地看著阿媽冷措的脖子問：「活佛給你的護身符呢？」

阿媽冷措有點失落地說：「不見了，一定是被我家那隻大老鼠給吃掉了。」

中年男人說：「妳說什麼？」

阿媽冷措自顧自地說：「幾天前我還看見我家老鼠戴著我的護身符跑來跑去呢。我在屋子追來追去，怎麼也沒追上牠。等我今天早上看到牠時，就不在牠的脖子上了，肯定是被牠吃掉了。」

中年男人哼哼地怪笑著，什麼也不說。

阿媽冷措說：「那護身符還挺管用的，戴著它時，有好幾次夢見了我的男人和我的兒子，被老鼠偷走之後，就再也沒有夢見過他們了。」

中年男人還在哼哼地怪笑，而且笑的聲音更大了。

阿媽冷措突然間屏住氣息看著布滿烏雲的天空說：「天空中又有了另一種聲音，你聽到了嗎？」

中年男人停止怪笑，說：「什麼聲音？」

阿媽冷措用神祕的口氣說：「一種很低沉的聲音在雲層間迴盪著呢，有點像拖拉機的聲音。」

中年男人又把耳朵對著天空仔細地聽。

不遠處的院牆裡飛出一個女人刺耳的聲音：「電視裡什麼也沒有了，你不知道進來調一下再滾出去嗎！」

中年男人一下子站直身子，笑嘻嘻地說：「看來我得進去了。」

阿媽冷措說：「聽我講講我男人和我兒子的故事再進去吧。」

中年男人說：「不了不了，我已經聽過很多遍了。」

阿媽冷措說：「那等你滾出來再給你講吧。」

中年男人還是笑嘻嘻的樣子，說：「可能就不用再滾出來了。」

說著，中年男人就像個小孩似地，連蹦帶跳地衝進那堵莊廓牆上逼仄的小門裡，不見了。

阿媽冷措愣愣地看著那扇被關上的逼仄小門，自言自語地說：「今天怎麼就沒人聽我講了呢？」

天上飄起了鵝毛大雪。

那雪花片兒密密麻麻地飄下來，看起來比鵝毛還大。

雪花鋪滿了大地，阿媽冷措光著腳丫站在雪地裡，她的臉更加紅潤了。

阿媽冷措抬頭看著飄滿雪花的天空，說：「你終於忍不住了吧，我就知道你會忍不住的。」

之後，又嘻嘻地笑了兩聲。

死亡的顏色

那天，在去看尼瑪的路上，我一直在想，見到尼瑪該說什麼呢，但我始終也沒想好該說什麼。

去之前我給尼瑪打了個電話，說：「我回來了，要去看看你。」

他在電話那頭「嗯」了一聲就把電話給掛了。

尼瑪有一個弟弟叫達娃，他們倆是雙胞胎。其實尼瑪就比達娃從娘胎裡早出來那麼幾分鐘，但這就讓他名副其實地成為了一名哥哥。

尼瑪和達娃的父母很早就死了，所以撫養弟弟達娃的任務就落在了尼瑪的頭上，在遇到一些麻煩事情時，尼瑪總是說：「我這個哥哥當得冤枉啊，我就比他早出來了那麼幾分鐘，要是他早出來那麼幾分鐘就好了。」

尼瑪是個精明能幹的小伙子，大家都願意和他交朋友，但大家都不願意和他的雙胞胎弟弟達娃交朋友，大家都說他腦子有問題。但是尼瑪不願意承認這一點，他總是說他只是還沒有長大罷了，等長大了就好了。

直到達娃長到十六歲，摸了卓瑪的奶子之後，尼瑪才氣憤地對達娃說：「你確實是腦子有問題！」

尼瑪這樣說的時候，達娃還是呵呵地笑著。

卓瑪是尼瑪的女朋友，是個大美人，小伙子們都喜歡盯著她的臉看。所以我對尼瑪說：「誰讓你找了這樣一個大美女呢，連一個腦子有問題的都知道她很漂亮。」

尼瑪說：「也許他到了十八歲就真的什麼都明白了呢。」

我呵呵地笑，卓瑪卻很生氣的樣子，我就假裝安慰卓瑪：「妳應該感到高興才對啊，妳看一個腦子有問題的傢伙都知道妳很漂亮，那說明妳不是一般的漂亮啊。」

尼瑪在笑，達娃也在笑。卓瑪還是一副很生氣的樣子，我就沒再理她，我知道她心裡其實高興著呢。卓瑪喜歡別人用不同的方式誇她有多漂亮。她是個聰明的女孩，她肯定知道這是最高級的誇獎。

在確認達娃的腦子有問題之後，尼瑪有時候也會很無奈地說：「哎呀，就是他比我早出來那麼幾分鐘又有什麼用呢，他這個樣子我還是得照顧他，誰讓我們是兄弟呢。」

因為這個雙胞胎弟弟，尼瑪和他的女朋友卓瑪也經常鬧一些彆扭。卓瑪一心想和尼瑪結婚，可是尼瑪總是說：「再等等吧，等達娃好點了，咱們再結婚吧。」

卓瑪總是很生氣，說：「他都摸哥哥的女朋友的奶子了，你還指望他好到哪裡去？」

這樣一說尼瑪就不理卓瑪了。

卓瑪雖然很漂亮，有很多人喜歡，可她就是喜歡尼瑪，所以也不敢再多說什麼。

其實有一段時間我也喜歡過卓瑪，但是我知道這輩子我是沒有這個福氣和機會了。卓瑪也知道我曾喜歡過她，所以平時很信任我，有時候暗地裡對我說：「你能相信這兩個人是雙胞胎兄弟嗎？一個精明能幹，一個連自己的鼻涕都收拾不住；一個英俊瀟灑，一個連五官都長得不是位置。」

我有點不高興，但也感嘆著說：「這世上的事就是這麼奇奇怪怪，說不清、道不明的。」

卓瑪只是搖著頭嘆氣。

然後卓瑪也看出了我的不高興，笑著說：「其實你也很能幹，很英俊。如果沒有尼瑪，我肯定就喜歡你了。」

卓瑪以為她的話安慰了我，但是聽了她的話，我的心裡卻更加酸溜溜的了。

我覺得卓瑪有時候是個很傻的女人。

說起達娃的長相，不是我聳人聽聞啊，確實是有點嚇人。他的五官幾乎可以說長得都不是位置，我相信只要一個女人看了他第一眼，就不願意再看第二眼了。

在卓瑪面前，尼瑪總是會做出很愛達娃的樣子。所以卓瑪就更加佩服他，在她的父母兄弟姐妹們面前說尼瑪是一個真正心地善良的人，還說她沒有看錯這個人。她的親人們也很贊同這一點，支持她和尼瑪交往。

達娃似乎也知道自己只有尼瑪這樣一個親人，只會對他撒撒嬌什麼的，對別人一般也不會做出什麼親暱的舉動，除了那一次出人意料地摸了卓瑪的奶子。

雖然這樣，有時候，在卓瑪不在的時候，尼瑪其實也煩達娃，煩得他實在受不了了，就會說：「要是你這傢伙死掉了，我就能娶卓瑪了。」

尼瑪第一次說出這話的時候，自己也很吃驚。怔怔地看著達娃的臉，但是達娃的臉上幾乎沒有什麼反應，依然樂呵呵的樣子。以後尼瑪在說這句話的時候，就有點肆無忌憚了，幾乎成了他的口頭禪。但這句話他從不在卓瑪面前說。

他這句話聽得我也很不自在，每次都忍不住要多看上他幾眼，對他說：「對自己的親兄弟你怎麼能說這樣的話呢？」

他卻毫不在乎地說：「你要是有這樣一個雙胞胎弟弟，時間長了你也會這麼說的。」

因此，有時候我就想自己怎麼就交了這麼一個朋友呢。

這樣的時候，尼瑪似乎能看出我的心思，說：「死了其實挺好的，我的父母死了，他們就不用那麼辛苦地養活我們了。要是我死了，我也就不用那麼辛苦地養活達娃了。要是達娃死了，他也就不用那麼辛苦地活著了。」

我卻有點假惺惺地說：「你知道佛經上說的，能夠投胎為人是多麼地不容易嗎？」

尼瑪說：「我知道那個，但是我覺得死就是比活著容易些。」

走到半路時，我還在想著見了尼瑪該說什麼，但我還是不知道該說些什麼。

我突然聽見前面一陣吵吵嚷嚷的聲音，就抬頭望去。一幫人在圍著什麼議論紛紛著。

我走過去，那些人都沒有發現我。

我也擠進去看。發現路邊的豬圈裡一頭豬被什麼東西咬得面目全非。

我問旁邊的一個人：「這是這麼回事？」

那個人用奇怪的眼神看了我一眼說：「怎麼回事？這頭豬被另一頭豬咬死了，咬成這樣了。」

我很驚奇，說：「什麼？豬咬死了豬？以前從來沒聽說過。」

那個人就不理我了。

我聽見他們在爭論，這頭被豬咬死的豬到底能不能吃。有些人說，能吃，有什麼不能吃的！有些人說，都咬成這樣了，肯定不能吃了。還有一些人說，不要再爭了，都咬成這樣了，就燒了吧。最後，所有人都紛紛說，燒吧，燒吧，燒掉算了。

我離開了這些人。一回到路上，那個困擾我的問題又回到了我的腦子裡，但就是想不出該說什麼。

就在半個月前，尼瑪的弟弟達娃被一輛卡車撞死了。看見的人都說隨著一聲刺耳的煞車聲，達娃的軀體幾乎就在半空中飄起來了，然後又輕輕地落在了地上，就像是一件破棉衣。等尼瑪趕到時，達娃已經死了，雖然面色蒼白，但五官卻像是被整過容似的，很像一個正常男人的臉了。

尼瑪邊哭邊說：「你這傢伙死了倒變得英俊了。」

這時候，司機早就開著車溜掉了。一些人提醒尼瑪趕緊去報案，抓住肇事者，他卻說：「還是算了吧，我覺得應該是達娃的錯，因為他的腦袋有問題嘛。」

在他弟弟出事的時候，我人在外地，走不開，就沒能趕回去。

關於他弟弟的死都是我聽說的。

我現在趕回來，就是為了去看看他。我聽說達娃的喪事辦得很簡單，因為沒趕上，所以心裡有一些遺憾。

快到他家時，我還是不知道見了他我該說什麼。這樣的時候，卻想不出一句話來，真是一件很惱人的事。

除了他的弟弟之外，我想我應該是他最親近的同性朋友。這一點他也跟我說過好幾次。

因為這樣的關係，對於他弟弟的死，我覺得我也好像有什麼責任似的，心裡有一種忐忑的感覺。

見到他時，沒等我開口他卻先開口了，他說：「我這個該死的傢伙，是我咒死了達娃。」

這樣，我就更不知該說什麼了。

他繼續說：「要是我不經常把那句咒他的話掛在嘴上，也許他就不會死了。」

這時我才說：「你是因為疼他才那樣說的。」

我沒想到我見到他時的第一句話是這個。

他這才看著我的臉說：「你真的這樣想嗎？」

我點點頭。

他卻說：「但有些人說，就是因為我經常那樣說他才會這樣的。」

這時，我才似乎找到了一句比較合適的話：「生死無常啊，誰都會遇到這樣的事。」

說完，又覺得這句話很傻，很不合時宜。

這句話沒起什麼安慰的作用，反而激起了他的一些憤怒，他說：「那個該殺了喝血的司機撞了人就那樣溜了，要是我抓到了他，我一定要剝了他的皮、抽了他的筋！」

看著他的臉，我有點驚訝，不由地說：「生死無常，不要太往心裡去了。」

我覺得這句話說得恰到好處。

這時他卻一把鼻涕一把眼淚地哭起來了。

他把鼻涕眼淚一把擦掉，往褲子上一抹，說：「我怎麼不往心裡去啊，是我害死了他。」

說完就像個孩子一樣大聲地哭起來了。

我很驚訝，因為之前我從來沒有見他這樣哭過。

他哭著說：「你記得有一次咱們放羊，我說我想把他推到懸崖裡的事嗎？」

我記得，於是我就點點頭，我記得我當時很驚訝。

他繼續哭著說：「我這是怎麼了？我當時是真的想把他推到懸崖裡的。當時我的心肯定是被什麼魔鬼給捉住了！我肯定是在魔鬼的指示下把他給咒死了。」

我說：「這只是一次意外，我發誓這件事不是因為你才發生的。」

我覺得我又說了一句很傻的話。

他怔怔地看了一會我的臉，哭聲就慢慢變小了。

但他還是小聲地哭著，說：「出事那天，我雖然不在現場，但是我感覺到出事了。」

我有點驚訝，看著他的臉，等他繼續說。

他頓了頓之後完全停止了哭泣，很認真地說：「那天我看見死亡的顏色了。」

我很驚訝，等著他繼續說。

他說：「我沒想到死亡是有顏色的。」

他又停下了，我又等他繼續說。

他說：「看到那個顏色，我就知道達娃已經出事了。」

我的心裡很好奇，想著死亡是個什麼顏色，但又覺得這個時候不能這樣想。

他又說：「那是你在世間幾乎看不到的一種顏色，你看到那個顏色，你就會知道死亡已經來了。」

我的腦子裡一直被死亡是個什麼顏色這個問題迷惑著，之後談了些什麼就不記得了。

直到我陪尼瑪吃過晚飯之後，我才注意到了卓瑪沒有出現在他的身邊，就問：「卓瑪呢？」

他說：「自從辦完達娃的喪事之後，她就不理我了。」

我說：「為什麼？」

他說：「不知道，女人嘛。」

我就沒說什麼。

他又說：「明天你去看看她吧。」

第二天，我就去看卓瑪了。

在去卓瑪家的路上，我遇見了幾個熟人。

他們問我：「你去看尼瑪了嗎？」

我說：「去了。」

他們就點點頭，很嚴肅的樣子。

之後，他們又問我：「你現在去哪裡？」

我說：「我替尼瑪去看看卓瑪。」

他們臉上的表情就變了，說：「去吧，去吧，快去吧。」

我不知道他們什麼意思，徑直去了卓瑪家。

卓瑪一見到我，就撲進我的懷裡哭起來了。

卓瑪在我的懷裡哭了很長時間，我也沒阻止她，任她怎麼哭。

哭完之後，她卻說：「你喜歡過我是吧？」

我很嚴肅地說：「這個時候妳怎麼問這樣的問題？」

卓瑪說：「我知道你喜歡過我，你現在就娶了我吧。」

我驚訝地看她的臉。

她的表情很自然，說：「現在我只想找個真正喜歡我的人把自己給嫁了。」

我問：「那尼瑪呢？」

她說：「他不喜歡我，他心裡只有達娃。達娃死了之後，我才徹底明白了這點。」

我把她從我懷裡推開，說：「不可能，尼瑪一直都很喜歡妳。」

卓瑪說：「以前我也這樣想，但是現在我終於明白了，他的心裡沒有我。」

我問：「為什麼？」

卓瑪說：「我知道了，反正他的心裡沒有我。」

我說：「那妳也得說個理由啊。」

卓瑪含含糊糊地說：「這個不好說。」

我說：「有什麼不好說的，妳總得說個理由啊。」

卓瑪想了想，說：「大概十天前吧，辦完達娃的喪事之後，尼瑪就跑到我家裡，興奮地對我說咱們結婚吧。我很高興，我當然高興啊，因為這是我夢寐以求的事。但是我又說，等過一陣子再說吧，現在這個時候不合適。他說咱們現在就結婚，我已經等不及了。我也就沒說什麼，算是默默地答應了。」

說到這兒，她就停住了。

我看著她說：「這不是挺好嗎？妳不是一直就想和他結婚嗎？」

卓瑪卻說：「不是，他不是因為喜歡我才想和我結婚的。」

我說：「那是什麼？」

卓瑪不說話了。

我看著她的臉。她的臉慢慢地變紅了。

過了一會兒她才說：「那天晚上他就想要我，我也很願意給他。但是之前他總是很謹慎，做之前總是準備著套子，說要是有了什麼意外就麻煩了。那天他卻沒用套子，我有點奇怪，就問他，你怎麼不用那個東西了呢？他說他想要個小孩。我說我們還沒結婚呢，這怎麼行呢。他說他找上師算過，說他弟弟達娃的轉世會在四十九天之內轉到自己家裡，還說要是不抓緊就來不及了……」

說到這兒她就停住了。

這時，我也不知該說什麼了，也不敢看她的臉，好像我做錯了什麼事似的。

她卻說：「這下你明白了吧？他心裡除了他弟弟之外，還有我嗎？他只是把我當成了一個工具。」

我把頭埋得更低了。

我不知道她有沒有在看我，我聽到她繼續說：「之後，我就把他給一腳踹下了床，趕出了家門。」

這時，我抬起頭看她。

她說：「我再也不想見他了。」

她也盯著我的臉看。

我又低下了頭。

她說：「我現在只想找個喜歡我的人嫁了，你到底要不要我？」

我想了想，又抬起了頭，說：「妳要知道，尼瑪才是最喜歡妳的人。」

她冷笑了一聲狠狠地說：「我已經知道了。」

我又說：「妳知道在達娃生前，尼瑪經常對他說的一句話是什麼嗎？」

卓瑪問：「什麼？」

我說：「尼瑪經常對達娃說，要是你這個傢伙死了，我就可以娶卓瑪了。」

卓瑪振作了一下，有點意外地看著我。

我說：「他只是在妳面前從來沒有說過這句話。那時他是怕失去妳，現在他又想留住達娃呀。妳要知道妳和達娃就是他生命裡最重要的人。」

卓瑪微微張著嘴巴看著我。

我說：「快去看尼瑪吧，這個時候他最需要妳。」

出門之後，我又想起尼瑪說的話，就問卓瑪：「尼瑪跟妳說過他看見死亡的顏色的事嗎？」

卓瑪說：「說過，那些天他淨說些奇奇怪怪的話。」

我說：「那妳問過他死亡是什麼顏色嗎？」

卓瑪說：「我被他弄成這樣，哪有心情問這些個奇奇怪怪的事啊。」

到了那個岔路口時，我們就分開了。

分開時，我對她說：「快去吧，好好陪尼瑪吧。」

卓瑪點點頭就走了。

我又說：「告訴尼瑪過段時間我再去看他。」

八隻羊

甲洛幾乎每天都要到這裡放羊。

甲洛大概十二三歲的樣子，穿著一件小皮襖，頭髮有點蓬亂，憨憨的，很可愛。那件小皮襖是去年過年時阿媽給他縫的，現在有些小了，也有點舊了，但是甲洛還是喜歡穿著它。甚至在夏天最熱的時候，他也穿了很長一段時間。有些放羊的小孩問他是不是沒有夏天的衣服穿，他也不說什麼。他不是沒有夏天的衣服可以穿，他有幾件很好的夏天的衣服，他也很喜歡那些衣服。只不過這件小皮襖是阿媽親手為他縫的。阿媽在春天時突然去世了，所以他捨不得脫下小皮襖。他穿著小皮襖，就覺得阿媽就在自己的身邊。但是後來他還是換了衣服，穿上了他夏天最喜歡穿的那件牛仔衣。他把那件小皮襖藏在了箱子裡，他知道今年過年就不會有人給他縫小皮襖了。現在，天又漸漸地冷了，他又穿上了它。他覺得這件小皮襖他可以穿好幾年。

正午的陽光很暖和，照著金黃色的草地，羊群也在草叢間懶洋洋地吃草。

每天這個時候，甲洛嘴裡總是嚼著什麼東西。他嘴裡嚼著的是氂牛肉乾，阿媽在世時每天都會放一些牛肉乾到他的包裡，讓他隨時吃。現在他也習慣每天帶一些牛肉乾了。但是他不會隨時隨地吃牛肉乾，他喜歡按時吃。每當太陽在他頭頂，光線直直地照射下來，自己的影子只有很小的一團時，他才拿出牛肉乾來吃。

吃完之後，他就會習慣性地喝一口水壺裡的水。之後，又會仰面躺一會兒。有時候，他會故意盯著正午的太陽看，陽光刺得他眼睛發疼，他也不躲開。吃完午飯，會有一陣睏意襲來。所以有時候他也會睡著，但阿媽總是囑咐他不要在草地上睡，並且嚇唬他，小孩睡著時蟲子會從耳朵鑽進去吃了腦髓。阿媽還給他講了一個故事。故事裡說，從前有一個貧苦的牧羊少年，每天要帶著他的牧羊狗去山上放羊。他在放羊時喜歡睡覺。有一天放羊回家後，耳朵裡疼痛不已，做什麼也沒用。半夜他聽見兩個聲音在說著什麼，就好奇地張大眼睛看。他看見自己的牧羊狗正和貓在聊天。貓說：「看著主人這麼痛苦，我心裡很難受啊。」狗說：「主人平時待咱們不錯，我心裡也難受啊。」貓說：「難道就沒有什麼辦法治好主人的病嗎？」狗說：「其實，主人得的不是什麼大病，主人在山上睡著時，幾隻蟲子鑽進了主人的耳朵。那些蟲子在裡面吃腦髓時，頭就會很痛。」貓說：「那就沒有什麼辦法可以治好嗎？」狗說：「治療的方法其實很簡單，只要在屋裡灑一些水，生一盆火，在耳朵邊上敲鼓，那些蟲子以為是春天的雷聲就會鑽出來，把它們一個一個掐死就沒事了。只可惜我們是動物，不能把這些告訴主人啊。」貓說：「是啊，但願主人早日康復。」牧羊少年趕緊按牧羊狗說的做了，果然治好了自己的病。甲洛想起這個故事就很高興，因為這是阿媽講的。對這個故事甲洛半信半疑，但心裡又有一些害怕。除了睏得不行會睡一會兒之外，一般他不會在草地上睡覺。睡的時候也會用羊毛緊緊地把耳朵給塞起來。

那陣睏意過去之後，甲洛就喜歡出神地望著遠處。其實，每天出現在他視野中的風景基本上都一樣，但是他就像每天都會看到新的風景一樣喜歡看著遠處。

遠處大概有幾十隻羊在吃草，不時傳來咩咩的叫聲。

甲洛看著遠處的表情有點悲傷，又有點說不清的感覺。

近處的一些草已變得枯黃，在秋風吹動下蕭瑟一片。

幾隻小羊羔時不時在羊群和草叢中穿行。

甲洛微微動了動身體，臉上的表情又有了新的變化。

一隻小羊羔顫巍巍地在他前面的草地上晃了晃，看了他幾眼，又跑回羊群裡去了。有一隻母羊似乎是小羊羔的媽媽，過來聞了一下小羊羔的尾巴。小羊羔鑽到母羊的肚子底下準備吃奶時，那隻母羊又扔下小羊羔跑了。

甲洛臉上的表情起了變化，緊盯著看。

小羊羔咩咩地叫了幾聲，那隻母羊又回來了。牠聞了聞小羊羔的頭，主動讓小羊羔吃奶了。

甲洛的臉上顯出了笑容。

一陣窸窸窣窣的聲音從甲洛的左側傳來，也驚動了草叢裡的幾隻羊，牠們馬上跑開了。

甲洛順著聲音向左邊側臉望去。

一隻野兔從草叢中穿了過去，一晃就不見了。

野兔穿過的地方，草在輕輕地晃動著，那幾隻羊也停下來驚悸地看著野兔消失的地方。

甲洛看著那些羊，又拿出一塊乾肉，撕了一塊放進嘴裡嚼了起來。

甲洛又看另外一側。這一側的草地上有些羊趴著，有些羊站著，牠們好像都吃飽了。

其中一隻小羊緩緩地走過來聞他手上的牛肉乾，顯出想吃的樣子。

甲洛用手掌拍了一下牠的嘴巴說：「你不能吃這個，這個不好吃。」

那隻小羊像是聽懂了他的話，又緩緩地回去了。

甲洛把剩下的肉放進嘴裡，嚼了起來。

一陣腳步聲在草叢中由遠而近地傳來。

甲洛很不情願地側臉望去。

腳步聲是從鐵絲柵欄外邊的草場傳來的。鐵絲柵欄外邊的草場不屬於甲洛，他只能在自己的草場裡放羊。自從幾年前把草場分給各家各戶之後，廣闊的大草原就被鐵絲柵欄分割得七零八落了，每家每戶把自家的草場用鐵絲柵欄圍起來，不讓別人家的牲畜進來。

腳步聲雖然越來越近，甲洛還是沒有看到什麼。

甲洛就站起來看。這下他看見從草場外的斜坡上緩緩地走來了一個人。

那人戴頂寬簷禮帽，臉被遮著，看不清楚，但能看清他背著一個很大的包裹。

那個人似乎勾起了甲洛的興趣，他停止嚼嘴裡的牛肉乾，專注地看那人走過來。那人的身影顯得有點疲憊，但還是有著強壯的體格。

那人一直不抬頭。甲洛有點奇怪。他在自己的記憶裡搜尋與正在走近的那個人相似的身影，但是在他認識的人裡面沒有這樣的身影，於是他就使勁地往那個方向看。

那個人終於走近鐵絲柵欄，取下頭上的寬簷禮帽，一下子抬起了頭。

這讓甲洛很吃驚，原來那人是個金髮碧眼的老外。

甲洛從來沒有親眼見過一個老外。以前只是在電視裡見到過這些金髮碧眼的傢伙。今天突然見到一個，讓他感到有些惶恐不安。那隻正在吃奶的小羊羔也停了下來，用新奇的眼神看著這個老外。

甲洛下意識地停止嚼嘴裡的牛肉乾，驚奇地張了張嘴巴，沒有說出話來。

老外用英語打了個招呼，友好地笑了笑。

甲洛還是驚奇地張著嘴巴。

老外翻過鐵絲柵欄走了過來。

老外走到甲洛身邊就停下了，伸出手用很生硬的藏語說：「你好！」

甲洛更加驚奇地張大了嘴巴，沒有說話。

老外仍然用生硬的藏語說：「你好！」

過了一會兒，甲洛才吐出嘴裡的牛肉乾，看著老外說：「你好！」

老外的臉上一下子露出很友好的笑容。

正午的陽光還是直直地照射下來，有點刺目。

甲洛像是突然想到什麼似的低下頭看老外的影子。他看到老外的影子的大小幾乎和自己的差不多，就覺得有些放心了，突然間露出了笑容。

看到甲洛臉上的笑，老外的臉上也馬上露出了笑容。

看到老外臉上的笑，甲洛覺得跟平時自己見到的笑容有些不一樣，好奇地問：「你從哪裡來？」

老外聳了聳肩膀，攤著手用英語說：「很抱歉，我只會這一句藏語。」

看著甲洛的臉上沒有反應，又用不太熟練的漢語說了上面的話。

甲洛還是一臉茫然的樣子。

老外接著用漢語問：「你不會講漢語嗎？」

甲洛還是一臉茫然的樣子。

老外有點失望地聳了聳肩膀說：「看來你不會。」

說完，老外取下肩上的大旅行包，坐在了甲洛旁邊。

甲洛警惕地看著他接下來會做什麼。

老外只是坐在他的旁邊，一會兒看看他，一會兒又看看在草叢中吃草的羊。

看著老外這麼近的坐在自己旁邊，甲洛更好奇了。他仔細盯著老外的臉看了一會兒之後，再次用藏語問：「你從哪裡來？」

老外看著小甲洛，做了一個無可奈何的動作。

然後老外又看著前面的羊用英語說：「你的羊真多啊。」

那隻剛剛吃奶的小羊羔走到甲洛面前。牠好像吃飽了，母羊追過來聞了聞就回去吃草了。

甲洛用愛憐的目光看了看，抱起了小羊羔。

老外也摸了摸小羊羔的頭用英語說：「在大草原見到一個人真好啊！」

甲洛以為是在說他的小羊羔，就點了點頭。

老外有些興奮地說：「你聽懂我說的意思了嗎？」

甲洛又疑惑地搖了搖頭。

老外也有些失望地搖了搖頭。

甲洛開始逗那隻小羊羔玩兒。玩兒了一會兒，小羊羔有些不耐煩地走了。

老外看著小羊羔走了，像是自言自語似地用英語夾雜著幾個漢語單詞說：「我到這邊已經一年多了，我在一所大學學習漢語，我已經能說能看一些東西了。我對西藏文化很感興趣。」

小甲洛看著老外說了那麼多，不知道該怎麼辦，就從口袋裡拿出一塊牛肉乾，放進嘴裡，開始嚼了起來。

老外看了看甲洛用英語說：「能跟人說說話真好啊！」

甲洛看著老外乾裂的嘴唇，從懷裡拿出一塊牛肉乾，遞過去用藏語說：「吃。」

老外一下子明白了甲洛的意思，接過牛肉乾，用感激的目光看著小男孩，放進嘴裡，慢慢地嚼了起來。

嚼了一會兒，老外豎起一根大拇指用漢語說：「很好吃。」

看著老外豎起了大拇指，甲洛也知道是在誇自己，臉上露出了笑容。

老外嚥下一塊乾肉，取下手腕上的電子錶，拿到甲洛面前用英語說：「見過這東西吧？」

甲洛像是聽懂了似的點了點頭。

老外立刻興奮起來，指著電子錶繼續用英語說：「你看今天是二十八號，我來到大草原已經二十多天了。」

甲洛又像是聽懂了似地點了點頭。

老外更加興奮，繼續用英語說：「能跟人說話真是很好啊！」

稍微停頓了一會之後，老外用比較嚴肅的語氣說：「我想瞭解西藏文化，就一個人來到了藏區，我想先實地感受一下，再做深入的研究。」

說完看了看甲洛的臉。

甲洛一臉茫然的表情，又開始嚼起了東西。

老外也顯出很無奈的表情，他想了想，從旅行包裡拿出一本書打開了。

老外指著上面的自由女神像用漢語說：「我是一個美國人，這就是那個著名的自由女神。」

說完又看甲洛的臉。

甲洛看了一會兒那上面的自由女神像，一副若有所思的樣子之後，又恢復成了一臉茫然的表情，繼續嚼東西。

老外翻到另一頁，那上面是高樓林立的紐約城，老外指著上面用英語說：「這就是我的家鄉紐約，別人說那裡是人間天堂，但是我不喜歡那裡，我實在受不了在那兒的生活，我喜歡這兒寬闊的草原，純淨的藍天，我認為生活總是在別處。」

說到這兒又停下來看小男孩的臉。

甲洛看了看書上的紐約，還是一臉茫然的表情。

老外的語氣有點憂傷地說：「我知道你沒有聽懂我的話，你沒聽懂也沒什麼關係，其實這些都是我自己說給自己聽的。」

甲洛似乎不再理睬他說什麼了，自己嚼著東西。

老外像是突然想起什麼似的，指著自己上衣的胸口用英語說：「這個你知道嗎？」

甲洛湊過去看，看見老外的胸口別著一枚布達拉宮的紀念章。

老外再次問：「布達拉，你知道嗎？」

甲洛點了點頭，嚥下嘴裡的東西，高興地說：「這是布達拉。」

老外也高興地說：「這下你知道我在說什麼了。」

甲洛仔細地看著那個紀念章，很喜歡的樣子。甲洛家裡就掛著一幅很大的布達拉宮的畫，阿媽經常說那是她最嚮往的地方，這輩子一定要去那裡朝聖，但是她還沒來得及去那裡，就離開了人世。阿媽死後，甲洛的心裡一直在為阿媽惋惜呢。甲洛本來要把這些事講給這個老外聽，但想想還是算了，他擔心說了他也聽不懂。

一陣羊叫聲打斷了甲洛的思緒。他循著羊叫聲望過去，看見前面的草坪上一隻母羊正在艱難地產羊羔。

甲洛趕緊走了過去。

母羊側臥在草地上，一隻小羊羔的頭已經露了出來。

甲洛坐在母羊旁邊很老練地幫助母羊生產。

老外也走過來看母羊生產。他看著母羊很痛苦地掙扎著，似乎有些不忍心的樣子，也圍過來躍躍欲試地想幫甲洛做些什麼，但始終沒能插上手。

小羊羔終於生下來了，羊水灑了一地，身上被一層黏糊糊的東西包裹著。

母羊顫巍巍地站起來，愛憐地用舌頭舔小羊羔身上那層黏糊糊的東西。

小羊羔在地上掙扎著，幾次顫巍巍地想站起來，但沒能如願。

甲洛高興地對著老外說：「過一會兒牠就能站起來了。」

老外沒聽懂是什麼意思，但還是對著甲洛笑了笑。

甲洛用地上的乾草把手擦乾淨了，起身回到了原來坐的地方。

一隻黑頭小羊羔跑到了甲洛前面，甲洛把小羊羔抱在了懷裡。

老外看了一會兒那個剛剛生下的小羊羔，也走過來坐在甲洛旁邊。

甲洛又從懷裡拿出一塊牛肉乾，遞給了老外。

老外看見甲洛的表情和剛才不一樣了，顯得很憂傷，但他還是接過牛肉乾，感激地點了點頭，嚼了起來。

老外嚼了一會兒之後，豎起大拇指高興地用漢語說：「味道很好，你也很好。」

這時，老外看到甲洛流出了眼淚。

老外馬上用漢語問：「你怎麼了？」

甲洛看了看老外說：「我的羊群馬上就滿一百隻了，但是昨晚上幾隻狼衝破鐵絲柵欄，跳進我的羊群裡咬死了八隻羊。」

老外看著甲洛流淚、說話，一臉驚奇的表情。

甲洛流著淚繼續說：「養夠一百隻羊是我和阿媽今年的願望，但是昨晚上那些狠心的狼就咬死了八隻羊。」

老外突然像是明白了什麼似地用英語說：「我知道了，你肯定是遇到了什麼傷心的事，是不是？」

甲洛沒有理會老外的話，流著淚繼續說：「我懷裡這隻黑頭小羊羔的媽媽也被咬死了，牠好可憐啊。」

老外為了安慰甲洛用開玩笑的語氣說：「你肯定是看上了什麼小女孩，人家不理你了吧？」

看見老外臉上的表情，小男孩也笑了，說：「不過也不要緊，剛剛不是又產了一隻小羊羔了嗎，這樣明年就能湊夠一百隻了。」

看見甲洛笑了，老外以為自己的話起了作用，就高興地說：「我說對了吧，你肯定是好聽的話說得太少了，對小女孩要多說好聽的話，這樣她才會高興。」

這時，一陣摩托車的聲音遠遠地傳來。

甲洛和老外回過頭去望，幾隻羊也停下吃草，回頭張望。

看不見的土路的上方揚起了一陣塵土，摩托車的聲音也越來越近。過了一會兒，草叢間出現了一個騎摩托車的人，正沿著土路往這邊駛來。摩托車後面捲起的塵土也越來越多了。

甲洛、老外，還有那幾隻羊一直在看著摩托車駛近。

摩托車終於到了鐵絲柵欄邊，在路邊的那塊草地上停下了。

騎在摩托車上的是個穿皮袍的中年男人，他支好摩托車後衝著甲洛問：「你旁邊的人是誰呀？」

甲洛說：「不知道，是個黃毛的外國人，以前只在電視上見過，現在坐在自己身邊，覺得很奇怪。」

穿皮袍的中年男人說：「這些黃毛可要多加提防啊，不知怎麼回事，這幾年草原上的外國人也多了起來。」

甲洛若有所思地點了點頭，看老外的臉。

老外友好地微笑著跟穿皮袍的中年男人打招呼，用藏語喊出了「你好」。

穿皮袍的中年男人很驚奇地看著老外說：「這傢伙還會說藏語。」

甲洛看了看老外的臉說：「他好像就只會說這一句。」

穿皮袍的中年男人收起臉上驚奇的表情，笑了笑說：「那就好，我還擔心他聽懂了咱倆剛才說的話呢。」

甲洛肯定地說：「他聽不懂。」

穿皮袍的中年男人從搭在摩托車上的褡褳裡取出一卷被繩子捆好的報紙對甲洛說：「你們村長在家吧？」

甲洛站起來走過去說：「在家，今天早晨我去匯報我的羊群昨晚被狼襲擊的事情，還看到他了哪。」

穿皮袍的中年男人說：「哎，這幾天總是發生狼襲擊羊群的事情，以後要多加注意啊。死了幾隻羊？」

甲洛的語氣一下子變得憂傷了，說：「八隻。」

穿皮袍的中年男人不太在乎地說：「八隻不算多，去年我一個朋友家裡的羊被咬死了三十多隻呢。那些狼也真壞，把羊一口一口咬死，也不吃一口就跑了。」

甲洛的臉上又擠出了一絲笑容，說：「今天開始我要天天跟著羊群，這樣就不會有事了。」

說著回頭指了指剛剛產下的那隻小羊羔說：「剛剛又產了一隻小羊羔。」

穿皮袍的中年男人也順著甲洛指的方向看。那隻剛剛產下的小羊羔正在掙扎著試圖要站起來。

穿皮袍的中年男人臉上露出笑說：「長大了肯定是隻好羊。」

甲洛聽到這話很高興。

穿皮袍的中年男人把報紙扔到甲洛面前說：「這報紙半月才送一次，你一定要交給你們村長，這上面有很多新聞。」

甲洛認真地說：「你放心吧，我一定會交到他手上的。」

老外一直看著他倆交談。看到穿皮袍的中年男人要走了，像是突然想起什麼似的走過來問：「你會不會說漢語？」

穿皮袍的中年男人怔了一下，但馬上又用不太標準的漢語普通話說：「我不會說漢語。」

老外驚愕地說：「你剛才不是說漢語了嗎？」

穿皮袍的中年男人頓了頓又用漢語說：「我只會說這麼一句。」

老外沒再說什麼。

穿皮袍的中年男人用藏語對著甲洛和老外說了聲「再見」，就發動摩托車沿著土路走了。他的後面又揚起了一層塵土。

那一捆報紙在甲洛和老外之間。他倆目送那個穿皮袍的中年男人離去。

穿皮袍的中年男人終於消失在草叢之中，摩托車的聲音也漸漸聽不見了。這時，後面傳來了咩咩的羊叫聲。

甲洛回頭看時，那隻小羊羔已經能站起來了，但老是站不穩，晃動幾下之後又倒下了。

甲洛似乎聽到了什麼聲音，回過頭時發現，老外正盯著報紙的某個位置看。

甲洛也順著老外的目光看那報紙。報紙上的一張黑白照片特別醒目，引起了甲洛的注意。畫面上一架飛機正要撞向一座摩天大樓，大樓四周濃煙滾滾。那張照片的下面是很多密密麻麻的漢字。

甲洛看不明白是什麼就抬起頭來。他看見老外對著那張照片已經淚流滿面了。

老外的目光又從照片上移到了甲洛的臉上。老外依然淚流滿面，說不出話來。

甲洛不知所措地看了一會兒老外之後，安慰他說：「你肯定是遇到了什麼不好的事吧，不要再哭了。」

老外用英語說：「我的家鄉在這個月的十一號發生了一件非常可怕的事情，我的許多親人就在那裡生活，而我卻一點兒也不知道！」

老外說完，眼淚就毫無顧忌地流下來了。

看到這個樣子，甲洛不知該說什麼好了。

老外一下子抱住甲洛大聲地哭了起來。

被老外一下子抱住，剛開始甲洛有點緊張，但慢慢就適應了，任由老外大聲地哭。

甲洛的後面又傳來了幾聲小羊羔的叫聲，就回頭去看。

那隻小羊羔已經完全站起來了，正晃動尾巴在母羊身上找奶子。

甲洛推了幾下老外，老外還是在哭。甲洛又使勁推了一下老外。

這次，老外抬起了頭。甲洛指了指小羊羔，讓老外看。

這時，那隻小羊羔已找到了母羊的奶子，正跪在地上搖著尾巴吃奶。

老外停住哭泣，怔怔地看著。

一會兒之後，老外站了起來，背起了旅行包。

他看著甲洛用英語說：「我現在得馬上回去，我需要回去和我的家人在一起。」

說著老外戴上那頂寬簷禮帽，翻過了鐵絲柵欄。

甲洛失神地看著他的背影離去。

老外走出幾步時，甲洛突然用藏語說：「你好。」

老外停下腳步回頭看。

甲洛走到鐵絲柵欄邊，從懷裡掏出一塑料袋的氂牛肉乾，說：「拿著路上吃。」

老外像是聽懂了甲洛的話，走過來接過牛肉乾，從帽簷底下看了一會兒甲洛的臉說：「我還會回來的。」

老外回頭走了幾步，又返回來站在甲洛面前。

他從外衣胸口取下那枚布達拉宮紀念章，遞給了甲洛。

甲洛猶豫了一下接過那枚紀念章，仔細地看著，很喜歡的樣子。

老外看著甲洛沒再說什麼。

甲洛只是看了看老外的臉，沒有說話。老外的眼睛被那頂寬簷禮帽遮住了，幾乎看不到。

老外拍了拍甲洛的肩膀就走了，鞋子的聲音很響，一直到他完全消失在草叢間了還在響著。

甲洛出神地望著老外離去的方向，待那聲音完全在草叢間消失之後，他猛地抬頭看了一眼頭頂的太陽。正午的陽光依然直直地照射下來，刺得他眼睛發疼，但是他強忍住沒有閉眼，眼前白花花一片什麼也看不見了，他感到了一種深深的惶恐。

這時，在甲洛的身後，卻突然間響起了此起彼伏的羊叫聲。

國家圖書館出版品預行編目 (CIP) 資料

嘛呢石，靜靜地敲 / 萬瑪才旦 著 . -- 初版 .
臺北市 : 大塊文化 , 2017.07
面； 公分 . -- (to ; 97)
ISBN 978-986-213-801-4 (平裝)

857.63 106009133

LOCUS

LOCUS

LOCUS

LOCUS